O filho de mil homens

VALTER HUGO MÃE

O filho de mil homens

PREFÁCIO DE **ALBERTO MANGUEL**

BIBLIOTECA AZUL

Copyright © 2015, Valter Hugo Mãe e Porto Editora
Copyright © 2016, by Editora Globo S.A.

Todos os direitos reservados. Nenhuma parte desta edição pode ser utilizada ou reproduzida – em qualquer meio ou forma, seja mecânico ou eletrônico, fotocópia, gravação etc. – nem apropriada ou estocada em sistema de banco de dados, sem a expressa autorização da editora.

Por decisão do autor, esta edição mantém a grafia do texto original e não segue o Acordo Ortográfico de Língua Portuguesa (Decreto Legislativo no 54, de 1995). Este livro não pode ser vendido em Portugal.

EDITORA-RESPONSÁVEL Amanda Orlando
EDITOR ASSISTENTE Renan Castro
CAPA Caio Capri
DIAGRAMAÇÃO João Motta Jr.
REVISÃO Thamiris Leiroza

CIP-BRASIL. CATALOGAÇÃO NA PUBLICAÇÃO
SINDICATO NACIONAL DOS EDITORES DE LIVROS, RJ

M16f

Mãe, Valter Hugo, 1971
O filho de mil homens / Valter Hugo Mãe ; prefácio Alberto Manguel.
- 3. ed. - Rio de Janeiro : Biblioteca Azul, 2024.

ISBN 978-65-5830-223-0

1. Ficção portuguesa. I. Manguel, Alberto. II. Título.
24-94796 CDD: P869.3
CDU: 82-3(469)

Gabriela Faray Ferreira Lopes - Bibliotecária - CRB-7/6643

1ª edição, 2012 [Cosac Naify]
2ª edição, Biblioteca Azul, 2016
3ª edição, Biblioteca Azul, 2024 — 3ª reimpressão, 2025

Direitos exclusivos de edição em língua portuguesa, para o Brasil adquiridos por Editora Globo S.A.
Rua Marquês de Pombal, 25
20.230-240 – Rio de Janeiro – RJ – Brasil
www.globolivros.com.br

Sumário

7   **PREFÁCIO**
O filho universal

15   **CAPÍTULO UM**
O homem que era só metade

27   **CAPÍTULO DOIS**
O filho de quinze homens

45   **CAPÍTULO TRÊS**
A mulher que diminuía

61   **CAPÍTULO QUATRO**
O filho da Matilde

71   **CAPÍTULO CINCO**
A moeda pequena

85   **CAPÍTULO SEIS**
Os felizes

99   **CAPÍTULO SETE**
Devorar os filhos

109   **CAPÍTULO OITO**
Esbagoados

119   **CAPÍTULO NOVE**
Uma fotografia que se pode abraçar

133   **CAPÍTULO DEZ**
Como se caísse de um candeeiro

147 CAPÍTULO ONZE
Providenciar

155 CAPÍTULO DOZE
A galinha gigante

169 CAPÍTULO TREZE
A cria

177 CAPÍTULO CATORZE
O funeral do almoço de casamento

183 CAPÍTULO QUINZE
O Crisóstomo amava por grandeza

195 CAPÍTULO DEZASSEIS
A cura de meio coração

199 CAPÍTULO DEZASSETE
Sonho do homem aos quarenta anos

205 CAPÍTULO DEZOITO
Amoras

209 CAPÍTULO DEZANOVE
O preço dos pardais

217 CAPÍTULO VINTE
A proximidade do lobo

219 NOTA DO AUTOR

PREFÁCIO
O FILHO UNIVERSAL

O naturalista inglês Charles Waterton, que foi viver no meio da Amazônia em meados do século XIX para poder observar de perto a vida selvagem, era um apaixonado pela natureza e um admirador empedernido de todas as criaturas vivas, até mesmo do sapo da Bahia em cujos olhos cor de caramelo o Sr. Waterton descobriu uma doçura infinita. Apenas uma vez, em toda a sua longa vida, o Sr. Waterton se permitiu um vislumbre de enojamento em relação a um animal. Tal fato ocorreu quando o Sr. Waterton estava tentando estudar os hábitos do morcego-vampiro, próximo de Manaus. Acompanhado por um criado indígena, o Sr. Waterton meteu-se no meio da selva e montou a sua tenda de maneira a poder dormir com o dedão do pé fora da lona, para que o morcego viesse e chupasse o sangue que lhe era generosamente oferecido pelo curioso naturalista. Noite após noite o Sr. Waterton ofereceu o dedão do seu pé esquerdo à coquete indiferença do morcego que, talvez por espírito de contradição, se encantou antes com o dedo do pé do criado indígena, causando-lhe uma terrível infeção. No entanto, e apesar do desdém do morcego, conta o Dr. Waterton, não conseguiu deixar de o admirar.

Tal amor franciscano (ou watertoniano) em relação a todas as criaturas vivas, e em específico em relação a todos os seres humanos, é o tema central do romance de Valter Hugo Mãe, *O filho de mil homens*. Por meio de um desdobramento magistral de personagens estranhas e únicas, Mãe oferece-nos uma espécie de catálogo da extraordinária variedade dos elementos da nossa espécie e das admiráveis qualidades de cada um deles. Uma após outra, as personagens do mundo de Mãe — Matilde, Antonino, Camilo, Isaura e os outros — são apresentadas em situações e contextos que outros poderiam julgar terríveis, dolorosos, infernais. Não Mãe: o seu inferno (se é que é um inferno) torna-se um lugar alegre, um lugar em que o Cândido de Voltaire se sentiria irmanado com outras almas otimistas, almas redimidas pela fé no seu próprio destino, qualquer que ele fosse. Cada personagem, que num convencional romance de viés documental ou sociológico seria um exemplo de injustiça social ou de transtorno psicológico, é na obra de Mãe um símbolo de libertação e triunfo pessoal, uma demonstração das infinitas possibilidades da alma e da imaginação humanas. Cada personagem carrega o seu próprio destino, não com resignação, mas por meio de um reconhecimento dos seus próprios valores. Segundo conta a lenda talmúdica, no Jardim do Éden, Adão e Eva foram felizes porque sabiam quem verdadeiramente eram aos olhos de Deus, mas depois de morderem o fruto da Árvore da Vida tornaram-se infelizes porque tiveram vergonha de perder essa identidade que lhes fora concedida pelos olhos de Outro. As personagens de Mãe são exemplos dessa felicidade edênica que julgávamos perdida.

O triunfo não acontece isoladamente. Acontece por meio do encontro de uma personagem com outra, do enredo que se tece quando uma vida se cruza com outra vida, entrelaçando virtudes com outras virtudes e destruindo vícios com outros vícios. A antiga suspeita de que cada um de nós é um reflexo da visão do outro (com O maiúsculo ou minúsculo), que existimos no olhar dos nossos contemporâneos, manifesta-se aqui com uma intensidade dramática e apaixonada. Isolada, cada personagem sofreria com a sua desolação e angústia numa cela silenciosa; ao confrontar-se com as outras, a angústia transforma-se em regozijo e a solidão em afeto.

Entre as várias histórias desfiadas por Mãe, a principal, certamente, é a que dá título ao livro, a procura de um filho. Crisóstomo, "homem de quase quarenta anos", sofre por não ter tido um filho e, para superar essa ausência, decide procurá-lo. O argumento, como todos os bons argumentos, é muito antigo e aparece em dezenas de obras, desde a *Odisseia* até as *Aventuras de Pinóquio*.

Na *Odisseia*, é o filho, Telêmaco, que procura o pai (tema que Joyce inverteu no seu *Ulisses*, no qual Leopold Bloom percorre Dublin inconsciente à procura de Stephen Dedalus, que faz o papel de filho perdido). No *Pinóquio*, é Geppetto que procura um filho, e passa a possuir um boneco de madeira, e depois é o boneco que vai à procura do pai que foi engolido pelo monstruoso Peixe. Em ambos os casos, o filho é ilusório mas também real. Stephen substitui na fantasia de Bloom a criança que Molly perdera e Pinóquio é uma criação do solteirão Geppetto, a realização do sonho masculino de procriar sem a necessidade de uma mulher.

Embora na obra de Mãe a presença feminina seja essencial, elucidativa e necessária, na tradição patriarcal não é assim. O sonho de um Deus Pai que gera sozinho a criatura masculina humana pronunciando simplesmente a palavra divina sobre um punhado de barro, e que logo em seguida cria Eva a partir de uma das suas costelas, justifica as convenções judaico-cristãs dos direitos do homem sobre a mulher, do macho criador sobre a fêmea criada. O poder masculino divino é imitado através dos séculos: na Trindade cristã, nos rituais alquímicos que dão nascimento ao homúnculo (reclamado mais tarde pelo Dr. Fausto de Goethe), na magia cabalística que dá vida ao Golem na Praga do século XVIII, na obra do doutor Frankenstein que faz nascer o monstro recorrendo exclusivamente à sua ciência, sem uma mulher que o conceba, e hoje no mundo eletrônico que permite a criação de "filhos" e amigos virtuais nos imaginários laços familiares do Facebook. A todas essas fantasias patriarcais, Mãe contrapõe outra mais nobre e mais concretizável: a fantasia de um "filho de mil seres humanos", tanto homens como mulheres. A essa definição correspondemos todos.

Pouco antes de morrer, Moacyr Scliar contou-me a seguinte história: um psiquiatra tinha dois filhos, um otimista incorrigível e outro pessimista incorrigível. Para lhes dar uma lição de vida, certo Natal o psiquiatra encheu o quarto do seu filho pessimista com as mais fabulosas prendas e o do filho otimista com bosta de cavalo. Ao acordar, o pessimista inspecionou os pacotes embrulhados em papel colorido com olhos de desconfiado, perguntando a si próprio onde estaria a tramoia. O otimista, pelo contrário, saltou da cama e, ao ver os montes de bosta de cavalo, exclamou: "Com tanta bosta, certeza que há aqui um cavalinho!".

Alberto Manguel
Istambul, 9 de Janeiro de 2015

We played dolls in that house where Father
    staggered with the
Thanksgiving knife, where Mother wept at noon
    into her one ounce of
cottage cheese, praying for the strength not to
kill herself. We kneeled over the
rubber bodies, gave them baths
carefully, scrubbed their little
orange hands, wrapped them up tight,
said goodnight, never spoke of the
woman like a gaping wound
weeping on the stairs, the man like a stuck
buffalo, baffled, stunned, dragging
arrows in his side. As if we had made a
pact of silence and safety, we kneeled and
dressed those tiny torsos with their elegant
belly-buttons and minuscule holes
high on the buttock to pee through and all that
    darkness in their open mouths, so that I
have not been able to forgive you for giving your
daughter away, letting her go at
eight as if you took Molly Ann or
Tiny Tears and held her head
under the water in the bathinette
until no bubbles rose, or threw her
dark rosy body on the fire that
burned in that house where you and I
barely survived, sister, where we
swore to be protectors.

SHARON OLDS, *The Pact*

You can buy me for the price of a sparrow.

BABY DEE

às crianças

CAPÍTULO UM
O HOMEM QUE ERA SÓ METADE

Um homem chegou aos quarenta anos e assumiu a tristeza de não ter um filho. Chamava-se Crisóstomo. Estava sozinho, os seus amores haviam falhado e sentia que tudo lhe faltava pela metade, como se tivesse apenas metade dos olhos, metade do peito e metade das pernas, metade da casa e dos talheres, metade dos dias, metade das palavras para se explicar às pessoas. Via-se metade ao espelho e achava tudo demasiado breve, precipitado, como se as coisas lhe fugissem, a esconderem-se para evitar a sua companhia. Via-se metade ao espelho porque se via sem mais ninguém, carregado de ausências e de silêncios como os precipícios ou poços fundos. Para dentro do homem era um sem-fim, e pouco ou nada do que continha lhe servia de felicidade. Para dentro do homem o homem caía.

Um dia, depois de ter comprado um grande boneco de pano que encontrou à venda numa feira, o Crisóstomo sentou-se no sofá abraçando-o.

Abraçava o boneco e procurava pensar que seria como um filho de verdade, abanando a cabeça igual a estar a dizer-lhe alguma coisa. Afagava-lhe os cabelos enquanto fantasiava uma longa conversa sobre as coisas mais importantes de aprender. Começava sempre as frases por dizer: sabes, meu filho. Era o que mais queria dizer. Queria dizer meu filho, como se a partir da pronúncia de tais palavras pudesse criar alguém.

A certa altura, abraçou mais forte o boneco, encolhendo-o até por o espremer de encontro ao peito, e acabou chorando muito, mas não chorou sequer metade das lágrimas que tinha para chorar. Achando que tudo era ausência, achava também que vivia imerso, como no fundo do mar. Pensava em si como um pescador absurdamente vencido e até a idade lhe parecia maior.

O Crisóstomo começou a pensar que os filhos se perdiam, por vezes, na confusão do caminho. Imaginava crianças sozinhas como filhos à espera. Crianças que viviam como a demorarem-se na volta para casa por terem sido enganadas pela vida. Acreditou que o afecto verdadeiro era o único desengano, a grande forma de encontro e de pertença. A grande forma de família.

Sentia uma urgência grave sem saber ainda o que fazer.

Abriu a sua porta e arriscou sorrir. Imaginou, assim como num sonho, que uma criança abandonada poderia estar passando e quisesse entrar. Sonhou que um filho mais demorado poderia enfim descobrir o caminho para sua casa e ocupar o seu lugar no sofá onde o boneco de pano permanecia com um sorriso tão alegre mas indiferente, um sorriso feito de botões vermelhos.

Da porta aberta viam-se a areia da praia e a água livre do mar. A casa assentava numas madeiras fortes que pareciam árvores robustas a nascer e que, ao invés de uma frondosa copa, tinham em conjunto umas paredes intensamente azuis com janelas a mostrar cortinas brancas atrás dos vidros.

Era uma casa frondosa, se a cor pudesse ser vista como uma camuflagem capaz de marulhar semelhante às folhas. Como se a cor fosse, só por si, um alarido igualmente movimentado e ruidoso, como a apelar. Era uma casa que não queria estar sozinha. Por isso, apelava. Parecia que também navegava. Rangiam as madeiras do chão e, sendo toda árvore, podia ser também um barco e partir.

O homem que chegou aos quarenta anos pescava, cozinhava para si os peixes com paciência e cuidado, sentava-se à mesa a ouvir quem ia estender-se ao sol ou jogar bola ali ao pé do mar. Ouvia aquela companhia, que era uma réstia de companhia ou companhia nenhuma, e comia os seus peixes a pensar que tinha de haver uma solução.

Decidiu que sairia à rua dizendo às pessoas que era um pai à procura de um filho. Queria saber se alguém conhecia uma criança sozinha. Dizia às pessoas que vivia no bairro dos pescadores, porque era um pescador, e dizia que os amores lhe tinham falhado, mas que os amores não destruíam o futuro. Pensava o Crisóstomo que algures na pequena vila haveria alguém à sua espera como se fosse verdadeiramente a metade de tudo o que lhe faltava. E muito pouco lhe importava o disparate, tinha nada de vergonha e sonhava tão grande que cada impedimento era apenas um pequeno atraso, nunca a desistência ou a aceitação da loucura.

Pensava que quando se sonha tão grande a realidade aprende.

As pessoas afirmavam-lhe, umas atrás das outras, que não conheciam criança alguma que estivesse sozinha, o que, sendo uma coisa boa, parecia fazer um buraco no coração do pescador. E para dentro do pescador já o pescador caía.

Ele sentia como se procurasse uma criança que lhe pertencesse, e como se a tivesse perdido algures num passeio por distracção e faltasse apenas reencontrá-la. Era como se essa criança o pudesse quase prever, ansioso na busca, ansioso no amor. Sentia-se mal com a demora, porque o seu filho poderia estar com fome, poderia estar com medo ou cansado, a precisar de ajuda para o frio ou para o escuro da noite. O Crisóstomo pensava que o seu filho também só poderia ser inteiro quando estivessem juntos os dois. Perguntava-se que pai seria, assim a perder-se de uma criança tanto tempo. Que pai seria se chegasse tarde de mais. Cada segundo a menos no tempo de um filho era para um pai uma trágica perda, e nada haveria de o compensar.

Numa noite, antes de sair com os seus companheiros para o alto-mar, o homem que chegou aos quarenta anos demorou-se à entrada da sua colorida casa.

Estava um sossego incrível instalado naquele mundo e ele baixou-se, deixou-se sobre a areia como sentado para pensar melhor e percebeu como a vida tinha as suas perfeições.

O céu estrelado, o mar espiando e os pinhais adiante, as traineiras a saírem como pirilampos de flutuar. O pescador pensou que a natureza tinha uma inteligência impressionante, e que havia de saber sobre a sua vida, havia de entender o seu desejo e havia de lhe acudir. O Crisóstomo, ali sozinho e sem que ninguém por perto o visse ou ouvisse, abriu a boca e falou.

Começou por anunciar à natureza o seu nome porque

não sabia como começar de outra maneira, mas disse depois que estava muito triste e que precisava de encontrar o seu filho porque se sentia como um pai, finalmente a transbordar dessa certeza como um copo muito cheio.

Tinha a casa, a colecção de conchas e de coisas esquisitas que o mar trazia, algumas desconhecidas como se viessem dos cometas, e tinha os melhores anzóis, as canas de pesca, tinha três bons lençóis de linho que já haviam sido da sua avó, tinha louças com muitos anos que haviam pousado em mesas repletas de gente em tantas conversas. O Crisóstomo tinha até cuidado com o conforto da casa, para que fosse sempre um lugar agradável onde as pessoas quisessem entrar. Mas tão pouca gente entrava.

Disse à natureza que, por fraca compensação, arranjara um boneco para abraçar e que tentara ensinar-lhe alguma coisa sobre como deitar as redes à água. Confessou que lhe falava como se falasse a uma pessoa de verdade, como se estivesse maluco. E depois disse que estava a sentir-se maluco por falar à natureza, porque nem vivia acostumado a ter conversas assim importantes, e porque tinha falhado no amor e a última vez que lhe pertencera alguém importante por quem muito se iludira fora já há muito tempo, e quase não se lembrava de como era ter uma companhia dessas, uma companhia de verdade. A companhia de verdade, achava ele, era aquela que não tinha por que ir embora e, se fosse, ir embora significaria ficar ali, junto.

Depois, sentindo-se estranho mas aliviado, ouviu o mar de sempre, o vento muito ameno passando, e reparou outra vez em como o céu estava estrelado e as traineiras saíam. Tinha de seguir para trabalhar. Levantou-se, sacudiu a areia e quase se riu. Se era verdade que se sentia um homem só com metade de tudo, também era verdade que uma parte da sua dor ficara ali, como se de um saco se esvaziasse. A areia haveria de a fazer deslizar até ao mar e o mar lavaria tudo. Acontecia assim porque, aos quarenta anos, o Crisóstomo assumiu a tristeza para reclamar a esperança.

A natureza, quieta a ser só inteligente e quieta, não disse nada, nem o Crisóstomo esperaria ouvir uma voz. A esperança era uma coisa muda e feita para ser um pouco secreta.

Naquela mesma noite, ao entrar na traineira e ouvir um raspanete por estar atrasado, o pescador pousou o seu saco e ouviu dizerem que havia novo companheiro, um rapaz pequeno que precisava de trabalhar. E, num segundo, o rapaz pequeno estava diante dele, agasalhado como só os principiantes e os atrapalhados, os olhos metidos num medo qualquer, as mãos limpas sem trabalhos e tremendo muito, igual às coisas erradas.

Era um rapaz pequeno de catorze anos, deitado à vida depois que o seu avô morrera. Estivera vinte dias fechado em casa sem coragem para sair, disse alguém sobre ele. Ficara vinte dias sem saber o que fazer, como fazer, até que uma vizinha metediça se lembrou dele e foi mandá-lo mexer-se. Uma vizinha que lhe pôs um pão fresco na boca, lhe abriu a água da banheira e lhe disse que o sol estava alto e era como um patrão. Está a ver-te, dizia ela. O sol era que mandava, a significar a vida que se punha a continuar para além até das grandes tristezas. Era um menino pequeno, um corpito de poucos quilos e muito susto, assim o viu o Crisóstomo.

Era um menino na ponta do mundo, quase a perder-se, sem saber como se segurar e sem conhecer o caminho. Os seus olhos tinham um precipício. E ele estava quase a cair olhos adentro, no precipício de tamanho infinito escavado para dentro de si mesmo. Um rapaz carregado de ausências e silêncios. Seguia na traineira quase com a promessa de quem podia chorar. Para dentro do rapaz pequeno era um sem-fim e pouco do que continha lhe servia para a felicidade. Para dentro do rapaz o rapaz caía.

O homem que chegou aos quarenta anos sorriu e, pela primeira vez em toda a sua vida, abraçou um colega de trabalho. O rapaz pequeno não soube o que pensar. Depois, enquanto preparavam as redes, o pescador perguntou-lhe se não gostava da escola, se não gostava de estudar. E o rapaz disse que sim, que até era bom em matemática. O pescador pensou que o seu filho seria uma raridade das boas, porque ninguém percebia de matemática, só os génios. O Crisóstomo, uns segundos antes de o dizer, pensou que aquele era o seu filho e pensou que o seu filho era um génio. E assim o pensaria de qualquer maneira, uma vez que amar fazia dessas grandezas. Amar era feito para ser uma demasia e uma maravilha. E a natureza nunca seria burra. A natureza, estava claro, entendia e fazia tudo. Sabia tudo. O pescador teve a certeza.

Depois, com a sensibilidade de que era capaz, o Crisóstomo disse ao filho que ele não podia ficar sozinho numa casa velha, nem embarcar antes de lhe acabar a vontade de estudar. E o rapaz pequeno respondeu que vontade tinha muita, e que até lhe dava medo do mar, mas que não podia fazer nada em terra, ninguém tinha trabalho que lhe desse peixe suficiente para comer ou trocar por couves e batatas. E o homem que chegou aos quarenta anos insistiu dizendo-lhe que se a vontade de estudar não lhe acabara, e se até era bom em matemática, devia fazer caminho para a escola e não para o barco. Era um dever, como se solicitasse a responsabilidade de todas as pessoas em seu redor.

Perguntou-lhe, por responsabilidade, contendo a ansiedade, mas assim perguntado como se fosse uma coisa normal, se podia ser seu pai. Porque havia metade de si que apenas estaria completa quando tivesse um filho. E o rapaz pequeno olhou o homem grande e disse que sim, que além de ser bom em matemática sabia cozinhar e só não gostava de passar a roupa a ferro. Era o modo como pensava que podia dividir com alguém as tarefas dos afectos, as obrigações de respeito por quem partilha um cuidado mútuo e uma promessa de gostar. O rapaz pequeno emocionou-se. Chamava-se Camilo.

O Crisóstomo abraçou de novo o Camilo e percebeu as estrelas e percebeu como as traineiras eram pirilampos de flutuar que podiam entender a felicidade e agradeceu à natureza gritando, num barulho alto para que todos soubessem, que tinha um filho, que tinha um filho. Nem que pensassem que era louco, nem que lhe dissessem para se calar, não se calaria. Estava demasiado feliz para se calar ou para se preocupar com o juízo. E os pescadores arreliaram-se ou alegraram-se também, e seguiram na noite como num alarido confuso feito de opiniões e felicitações. Mas isso já muito pouco importava perante as emoções do Crisóstomo e do Camilo que, subitamente, estavam como que sozinhos, porque eram toda a companhia necessária. A verdadeira.

O Camilo foi para a escola e disse à professora que se sentia ainda muito triste mas que se sentia também feliz. Tinha recolhido as suas coisas da casa velha e mudara-se para o quarto bonito em frente ao mar na casa do seu pai. É o meu pai, dizia ele com tanta facilidade, é o meu pai. A vizinha mais abelhuda, a que se lembrara dele e o fora mandar trabalhar, meteu o nariz na casa do Crisóstomo para ver quem era e que ideias tinha. E o pescador recebeu-a quase com um banquete e disse-lhe que aquela casa estava em festa e que ia ficar em festa muito tempo. É claro que não se viam balões e fitas coloridas, nem se punha a música muito alta, porque o Camilo estava de luto e a festa era toda no amigo de cada momento ou palavra. Era uma festa por dentro das pessoas.

A vizinha abelhuda ficou toda contente e foi-se embora prometendo sempre ajudar, o que já era a melhor ajuda que podia ter dado.

Aos poucos, o pescador e o rapaz pequeno eram vistos por todos como os mais normais pai e filho, e havia já gente que julgava que fossem pai e filho desde sempre. E eram mesmo, porque se sentiam inteiros, porque ainda antes de se encontrarem já eram parte um do outro e podiam jurar sobre isso. Juravam sobre isso muitas vezes. As pessoas diziam que tinham os narizes iguais, e eles riam.

Subitamente, o rapaz disse que o pai precisava de encontrar uma mulher. O Crisóstomo ficou surpreso, não lhe ocorria preocupar-se mais com essas coisas, estava feliz. Mas o rapaz insistiu. Ia crescer e namorar, talvez casasse, e ao pai ficaria a faltar-lhe algo.

O Crisóstomo respondeu que não lhe faltava nada, estava inteiro. E o rapaz pequeno disse-lhe que então

O FILHO DE MIL HOMENS 23

ele devia passar a ser o dobro. Ser o dobro, disse. O pescador abraçou-o de encontro ao peito. Era o seu filho génio, o que sabia matemática e que sabia fazer caldo verde e domesticar os cães como ninguém. Era o seu filho génio, com as palavras que lhe faltavam, talvez com a coragem que lhe faltava. E o homem sorriu. O pescador sorriu, acabando de redobrar a esperança e julgando que outra vez poderia arriscar o amor.

À noite, sozinho diante da sua casa, o mar todo apaixonado por si, o homem que chegou aos quarenta anos sentou-se novamente diante da inteligência toda da natureza. Estava ainda de coração partido, porque falhara nos amores e os amores podiam ser tão complicados, mas havia ficado mais forte, agora.

Quem tem menos medo de sofrer, tem maiores possibilidades de ser feliz.

O pescador pensou.

E disse à natureza que queria encontrar uma mulher simples, uma que gostasse de viver numa casa pobre com um pescador humilde que tem um filho que é um génio. Um pescador que, por loucura ou ingenuidade, fala baixinho com a areia. Para ser o dobro, disse ele, era para ser o dobro e em dobro ter o que fazer da vida e ter o que deixar ao filho.

No dia seguinte, quando acordava para preparar o pequeno-almoço e mandar o rapaz pequeno à escola, o Crisóstomo viu pela janela da cozinha uma mulher sozinha, sentada com exactidão no lugar onde se sentara ele. A falar sem ninguém e para ninguém. Certamente ali só parcial. Uma mulher incompleta.

Estava uma mulher a falar sozinha no seu lugar, na sua areia, diante do seu mar, numa brisa fresca que a manhã trazia, as cores ainda muito aguadas da timidez do sol e da limpidez da paisagem.

O homem que chegou aos quarenta anos sorriu, e aquele sorriso já não era o mesmo do dia anterior. Já não era como nenhum outro do passado. Era o dobro de um sorriso.

CAPÍTULO DOIS
O FILHO DE QUINZE HOMENS

Num pequeno povo do interior, vivia uma anã de quem todos se apiedavam. Diziam que era uma coitada, a medir uns oitenta centímetros, atrapalhada no andar, os olhos grandes sempre cansados. Era comum que estivesse espatarrada no chão, nos campos ou nos caminhos, a gemer de dores. Acontecia sobretudo na mudança das estações, quando o tempo ficava indeciso e se metia com os nevoeiros e as humidades. A anã sentia o tempo nas articulações e sofria o inferno. Tinha os ossos a abrir nas costas, dizia-se. E as pessoas levavam-na ao doutor, que a operava, punha-lhe parafusos dentro da pele, esticava-lhe as pernas, cortava-lhe as mamas porque lhe cresciam demasiado e quase a tombavam para diante. O doutor sossegava-a para que não se preocupasse, nem valia a pena que se preocupasse demasiado, estava boa e ainda havia de durar muito, e ela animava-se, talvez ingénua, a pensar que chegaria à velhice mais normal daquelas bandas.

Naquele pequeno povo, ninguém mais do que a anã merecia a piedade constante e a ajuda que lhe prestavam. Iam levar-lhe couves e batatas, levavam-lhe animais de comer, e quem tivesse sorte à pesca no rio ia por sua casa a pôr-lhe uns peixes rabiando na mesa. Ela era simpatias e gemidos, a torcer o pescoço para ver lá em cima os vizinhos erguidos por longas pernas. Ela torcia o pescoço e agradecia e ficava à conversa por um tempo, oferecendo a humildade da casa como podia. Dizia que eram tão boas as couves e as batatas, tão bons os coelhos e os frangos, tão bons os peixes que vinham dar fartura à sua mesa e à gratidão.

Eram sobretudo as mulheres que dela se acercavam com falas choronas, a ver se a convenciam de que a vida de qualquer pessoa era também um terror, para que não fosse a anã entristecer-se mais do que necessário, mais do que pudesse aguentar. As mulheres contavam-lhe os males e aumentavam os seus males em fantasias exageradas, e a anã ainda arranjava modo de as confortar. A coitada da anã, como diziam, punha-se toda nas biqueiras da alma e à altura de dizer às pessoas amigas que a vida ainda haveria de ser melhor e que melhor era que começassem a animar-se desde já pela expectativa da bonança. Iam as outras para casa reconfortadas com a capacidade de a vizinha se sobrepor ao corpinho que tinha e ascender a sentimentos tão belos em discursos quase dos livros, bem feitos, inteligentes, falante como poucos. Era uma anã falante, que dizia coisas enternecedoras. As pessoas chegavam a pensar nela como nos duendes das fantasias, como se houvesse de fazer magias ou coisas nunca vistas. Podia ter nascido de ter despencado de uma árvore como um fruto absurdo que nascesse no lugar das maçãs ou das laranjas. Outros diziam que, por ser pequena, era só uma flor de gente, como se a gente fosse mais para árvore inteira. A anã era uma flor de pequenas pernas, aberta no calor e no frio dos verões e dos invernos, sempre resistente certamente por graça de deus e de um piedoso santo qualquer. Brotara de um raminho. Como flor, a anã brotara certamente de um raminho.

Quando chovia de mais, sempre alguém acudia à anã. Você tem as telhas no sítio, tem lume, tem arroz que chegue, tem cobertores, a cama não lhe está dura, perguntavam. Você tome um chazinho, faça uma canjinha, cubra o pescocinho, ponha umas botinhas, tranque as janelinhas, tranque as portinhas, durma cedinho, deite-se tapadinha, não se canse. Não saia de casa, que o vento ainda a leva, não saia de casa, que o frio ainda a racha, não saia de casa, que um carro ainda a atropela, você não saia de casa, diziam. Não saia de casa, que andam cães misturados com lobos pelas ruas e por um ossinho seu ficam malucos, como bichos do diabo.

Chovia toda a água do mundo e as mulheres do pequeno povo revezavam-se pelos caminhos a irem levar cuidados à vizinha mínima e desgraçada. Punham capotes grossos, vestiam meias de lã, escondiam também os focinhos a respirarem para o peito e seguiam escorregando nas pedras, quase caindo, preocupadas com fazer o bem. A anã, sem jeito, mandava-as entrar, uma agora, outra depois, e dizia sempre que não era preciso que se preocupassem tanto com ela. E as mulheres invariavelmente olhavam para as coisas e sorriam por serem todas tão pequenas. Pareciam estar numa casa de bonecas e ser tudo feito para brincar. Podiam quase pensar que a vida da anã era de brincar, como se ela só brincasse. Coitadinha, diziam, só brinca, não faz nada a sério. Nunca se tornaria uma pessoa adulta. A anã não seria exactamente adulta, coitadinha, não vivia a saber nem das perversões nem das frustrações do mundo real.

Sobretudo o não ter homem era o que fazia com que pensassem que a vida da anã era só brincar e sofrer com as dores. Ela encostava a porta do quarto. Não gostava que vissem como o tinha. As mulheres, uma agora, outra depois, espanavam-se da chuva e a ela voltavam com o coração cristão satisfeito. Muitas iam de terço na mão, a mão no xaile, e rezavam enquanto pediam para que não as levasse a elas o vento, não as rachasse o frio, não as atropelasse um carro que viesse por aquele caminho tão recôndito que não servia para quase nada. Eram só montes e bichos atazanados. Para aquelas bandas, só havia montes e bichos atazanados. Mais as árvores, que ficavam quietas sem fazerem nada, só o barulho no inverno e a fruta no verão. Sem medo. As árvores mostravam apenas a espantosa paciência.

A anã fazia um arroz de brincar e juntava-lhe um pedaço pequeno de bife e comia como a brincar, tão pouquinho quanto engraçada, num banco de bonecas à sua mesa especial, com tamanho para ser só um banco maior do que o banco de sentar. Comia pouquinho porque não lhe dava a natureza uma grande fome. Muitas vezes, levavam-lhe meio coelho e meio frango e até das couves lhe levavam as pequenas, escolhiam cenourinhas e se vissem alguma batatinha mais mirrada sorriam, como se por natureza fosse comida para a anã. Achavam, por isso, que era barata a vida dela, como se pudesse ser feita com as sobras do que escapava às bocas grandes.

Entre si, as vizinhas comentavam que triste seria a vida sem o amor, e o amor naquele povo não era romântico, era só o ter um homem, deitar com um homem, sentir como um homem vasculha o interior de uma mulher.

O amor, sabiam todas por igual, era calhar em sorte o casamento e ficar a dois para sempre, com beleza ou fealdade, higiene ou sujidade, conversa ou não, o amor era casar e ter uma garantia contra a solidão. E depois pensavam na anã, coitadinha, que não tinha amor, não tinha homem, não saberia como um homem vasculha o interior de uma mulher. E pensavam que seria impossível. Porque um homem dentro dela, se fosse um homem maduro, haveria de desarrumar-lhe até os órgãos, a bater neles como se estropeasse à porta errada. Não fazia sentido pensar que a anã, tão pequenina que era, pudesse ter-se disso, porque seria até melhor que não soubesse do prazer, que não tivesse prazer, que não gostasse do amor. Seria melhor que a anã tivesse um buraco para fazer chichi igual ao que faz um prego na parede. Mais nada. Para fazer chichi. Mais nada.

Um dia, a anã disse que ainda esperava por um cavalheiro com um grande coração. Todas as que a ouviram estagnaram, perplexas, até mesmo como se ao invés de ter dito grande coração tivesse dito pénis. Um grande pénis. Uma má-criação, uma aberração, algo proibido, impossível. Um homem, por si só, já era coisa grande de mais para ela. Um homem com algo particularmente grande, ainda que fosse apenas o coração, soava a um monstro, um edifício, algo sobrenatural de juntar a uma desgraçada anã. E ela repetiu, um cavalheiro que me ame, que me saiba amar. Todas as outras imaginaram a anã desfeita em pedaços pela violência com que os homens amam. Imaginaram como os ossos das costas iriam descoser-se para sempre, como se desmontariam as suas pernas, como lhe rebentariam as mamas. Se um homem, por mais cavalheiro que fosse, a tomasse, a anã ia desfazer-se em bocados mortos, morta toda ela também. Seria uma dispersão de bocados mortos pela sua casa de brincar, como uma tragédia que desse às crianças. Ia parecer uma criança desfeita por perversão de um monstro qualquer. Que ridícula soava a ideia de uma triste anã querer amar se o amor era um sentimento raro já para as pessoas normais. Para as pessoas.

Pouco mais de oitenta centímetros que nem assomavam acima dos muros mais baixos dos caminhos. Era assim como um ser mais rasteiro a passar sem que se visse, sem que alterasse as vistas, sem que fosse gente. Nem é gente, pensavam as pessoas. É uma pessoa pequenina, como uma criança que envelhece e não deixa de o ser. Fica sempre criança e perde a mãe. Precisa que cuidem de si. Não é gente como a gente. E a anã, sem ouvir tanto do que diziam ou saber tanto do que pensavam sobre si, dizia uma e outra vez que esperava ainda por um homem com maneiras delicadas que quisesse ficar consigo. Achava que havia um homem para amar cada mulher. As outras, quase um metro acima de si, não sabiam se uma mulher podia ser tão pequena.

Talvez uma mulher não pudesse ser tão pequena.

Calada, a anã nunca confessaria às vizinhas que as achava um pouco invejosas. Generosas nas couves e nas batatas, mas invejosas na expectativa das alegrias. Qualquer coisa boa que tivesse para contar fazia nascer um sorriso amarelo na cara das outras. Como se as outras ali fossem carpir a vida e não estivessem nada interessadas em que esta afinal pudesse ser melhor, ao menos às vezes, para uma anã. A anã dizia que tinha passado uma boa noite e que já arrumara a casa e fizera a sopa, e as outras sentiam-se logo acusadas de preguiçosas. Lembravam-se do reboliço em que haviam deixado as próprias casas e enfunavam-se, como se a anã as acusasse de mandriar. Ai, pois é, está tudo muito adiantado, tem tudo muito adiantadinho, você assim ainda fica pior das costinhas, diziam depois. E a anã respondia: sinto-me muito bem, hoje os comprimidos do doutor estão a fazer bom efeito. E as outras insistiam: ai, mas tem de ter cuidado, olhe que pode não estar a sentir e as costinhas abrirem-se como latinhas de atum. E a anã respondia: isto também não abre assim de qualquer maneira, e hoje estou a sentir-me mesmo bem. E as outras insistiam novamente: ai, coitadinha, isso é para se distrair do azar, mas tenha cuidado para o azar não ser matreiro. E assim continuavam a conversa, como se a anã tivesse à viva força de estar coitadinha, como a viam ou queriam ver, como se a anã fosse digna apenas enquanto permanecesse cabisbaixa e gemendo, subserviente perante a generosidade social, sem amor, apenas piedade. Com a resistência dela em ser chorona, achavam todas que tinha um topete insuportável e que levava algum tempo e insistência a dobrar. Você hoje está com a voz mais fininha, diziam-lhe. Ela tinha uma voz aguda, algo estridente e muito fraca, como a de uma boneca antiga de disco, como se tivesse engolido um passarinho.

Era estranho que a anã estivesse já há uns dias mais contente, com vontade de adiantar as coisas, deixar tudo limpo e mesmo antecipando precisar disto ou daquilo. Punha tudo a jeito e não perdia tempo. Se alguém a visitasse, ela dava-lhe conversa sem se sentar. Cirandava pela cozinha a levar e a trazer, e havia uma alegria qualquer que ninguém esperava ou aceitava como normal. Por causa disso, a vizinhança ficou curiosa, como se por direito tivessem de entender o que se passava, e o mulherio começou a visitar a anã com uma frequência irritante. A anã, importada com adiantar trabalho, não dei-

O FILHO DE MIL HOMENS 33

xava de se impacientar, embora não impedisse ninguém de entrar e nunca respondesse errado quando outra vez a tratavam por coitadinha, para que ela fosse uma coitadinha e nada mais do que isso.

Estavam três mulheres na sua cozinha sentadas, atropelando-se nas lamúrias e cercando por todos os lados a conversa com a anã, a ver se ela se denunciava. Entre fazer chá e servir biscoitos, a dona da casa ia ao quintal e voltava a fazer algo que, sendo pouco, era trabalho. E as outras perguntavam porque não se sentava ela e descansava, que aquilo de não fazer mais do que trabalhar ainda lhe havia de abrir as costinhas outra vez. E ela dizia: já vou, já vou. As visitas levantavam-se e acorriam a espreitar à janela, indiscretas, e voltavam a sentar-se numa rapidez.

Subitamente, numa das saídas ao quintal, a anã demorou-se um pouco mais a enxotar da toalha as migalhas e depois a procurar uma vassoura para levar para cima. Nessa ausência, de combinação com as outras duas que estavam presentes, uma das vizinhas levantou-se e abriu a porta que dava para o quarto. Era uma porta toda normal que dava da cozinha para o quarto e que permanecia invariavelmente fechada. Diante de todas as três curiosas estava uma cama de casal bem grande, semelhante às camas que usam os casais comuns, suficiente para dois corpos de adulto.

Quando a anã voltou, as três vizinhas desculparam-se com pressas várias e puseram-se na rua a inventar desgraças. Estavam convencidas de que a anã, coitadinha, perdera o tino porque tinha começado a sonhar de verdade com um homem, e não estaria a pensar num anão, pensava num homem de tamanho convencional que ocuparia espaço de homem na cama disparatada que metera no quarto. Era uma cama nova a estrear, diziam, era a estrear porque cheirava a verniz e brilhava como intocada. De que brincaria a tola anã naquela cama tão séria, perguntavam-se incrédulas e sem mesmo quererem perguntar-se tal coisa. O mais certo era estar a piorar. Preocupadas com as costinhas como sempre haviam estado, ponderavam agora que se lhe abria antes a cabeça, o cérebro, talvez tivesse batido numa pedra numa das vezes em que a encontraram espatarrada no chão. Abriu o cérebro como uma lata de atum. Estava com as tripas da cabeça doentes. Talvez tivesse os ossinhos da cabeça descosidos, a destituir o coração com palermices.

O doutor, avisado do perigo, sorriu e disse que havia de lhe acudir mais juízo do que estavam todos à espera. A anã, sabia ele, padecia do corpo mas guardava os miolos numa caixinha segura e não raciocinava nada que não quisesse. As três vizinhas alteradas barafustavam cheias de teorias e abanavam-se e só se calaram depois que o doutor as mandou embora escorraçadas, como aos animais de capoeira se faz. O doutor era malcriado. As almas cristãs das vizinhas coraram do vexame e só se apaziguaram nos terços à noite.

No dia seguinte, constou por toda a parte que a coitadinha da anã estava grávida. A coitadinha da anã engravidou, dizia toda a gente. E toda a gente, incapaz de conter fúria e perplexidade, exclamava ordinariamente: ai a ordinária. Benziam-se e lembravam-se sumariamente das convicções espirituais e repetiam o palavrão. Não podia ser, que tudo na vida dela era como de brincar, e com certeza não brincaria aos papás e às mamãs, e um homem em cima dela haveria de lhe apartar os órgãos até à morte. Um homem dentro dela haveria de lhe chegar aos rins, haveria de separar-lhe os pulmões, aquilo dentro dela seria coisa de lhe obstruir a garganta. Se estava grávida, com cama grande e tudo, mais fácil fora ataque de um bicho que a apanhara desprevenida e espatarrada no chão. Fora certamente um bicho.

Começou a dizer-se isso e todas as demais versões escabrosas e delirantes, e ninguém encontrava a anã em casa por mais que lhe batessem à porta ou fossem à volta pela casa do lado espreitar o seu quintal. O mulherio procurava a anã, e os homens andavam todos espantados a ver navios. Não era que a anã grávida se fosse perder, mas o mulherio estava indignado e opinava de todas as maneiras.

Achavam já outras que a anã era uma sonsa. Afinal, pequenina como era, não se impedia de ter no meio das pernas uma fenda de tamanho normal. Se no meio das pernas a anã fosse igual às outras mulheres, é claro que as vontades lhe sairiam iguais também.

Vista por ali, a anã era uma mulher grande.

Vista por ali, pelo meio das pernas, a anã tinha tamanho para uma mulher.

Vista por ali, toda a mulher era como outra mulher qualquer.

Quando se soube onde estava, rumaram todos à casa do malcriado doutor. O doutor trocava consultas por galinhas arrebitadas ou coelhos gordos, trocava consultas por arrobas de batata bem apanhada ou cebola ou pepino. Para que a anã passasse lá a noite, haveria de ter levado as metades de coelho e de frango que lhe tinham ido dar, e mais as cenourinhas e as batatinhas mirradas, e mais as couves quase só de enfeitar. A anã havia de andar a pagar ao doutor com tudo quanto a caridade lhe oferecia.

Guardava-se no quarto dos doentes, metida numa cama lavada a descansar de ter engravidado. Não era que estivesse cansada ainda do acto, que esse teria sido já há um tempo e ninguém se lembrava de ela se ter queixado de nada. Estava cansada, subitamente, como se a ideia só por si já lhe pesasse e lhe começasse a mexer nos ossos. O seu corpo dilatava todo. As mulheres perguntavam isso ao doutor: foi violadinha, está com os ossinhos todos a abrir. O doutor ria-se e dizia que ela estava bem. As mulheres perguntavam: foi algum cão, algum bezerro já grandito, um bicho desconhecido. O doutor ria-se e dizia que ela estava bem. As mulheres perguntavam: podemos ver. O doutor respondia: hoje não, hoje não. As mulheres saíam, o doutor era malcriado e a anã uma ordinária. Rezavam depois o terço para pedirem que deus explicasse a situação e condenasse os pecadores. Rezavam preocupadamente pedindo uma justiça impiedosa contra os pecadores. Diziam: aquela sonsa há-de arder no inferno, e avé Maria cheia de graça, o Senhor é convosco. Depois, já dormiam melhor, embora sempre na expectativa das notícias do dia seguinte.

Quando a anã saiu da casa do doutor, uns dias depois, a aldeia estava esquisita. As mulheres sentiam-se incomodadas e com menos vontade de conversar, os homens andavam calados. O doutor tinha conversado com a anã sobre o processo de gravidez e sobre os direitos da criança. Ter um filho implicava o esforço irredutível de lutar por ele para que auferisse do melhor possível na vida. A anã saiu da casa do doutor e atravessou toda a aldeia devagar, a sentir-se um pouco mais bojuda e corada, e ninguém lhe foi falar, ou porque não a viam

O FILHO DE MIL HOMENS 37

agachada abaixo dos muros, ou exactamente porque a aldeia estava esquisita, com as mulheres incomodadas e os homens calados.

Foi só mais à noite que as vizinhas entraram como a medo na sua casa. Entravam ali como se houvesse cão feroz. As vizinhas tinham medo. Viam a anã mesmamente pequena mas subitamente outra pessoa. Como estariam enganadas, por pensarem que um palmo de gente assim não serviria para nenhum homem e só conheceria da vida beatitudes e preocupações com tamanhos de criança. Como estariam enganadas ou o mundo seria cruel, por haver quem fizesse um filho a uma mulher assim, porque quando o filho lhe crescesse na barriga iria irromper de todo o corpo, desmembrando-o, desfazendo-o por não ter lugar bastante para o comprimento todo de um bebé. As vizinhas entraram sem saber se a anã agora ferrava ou amaldiçoava com pacto de demónio e foram perguntando coisas diversas, a tentarem ser discretas, até perguntarem sobre a anunciada gravidez, que ela estava claramente mais corada e viam-se-lhe as mamas maiores. As maminhas, dois montinhos sempre escondidos que não vinham à ideia de ninguém, estavam de repente inchadas como se lhes desse uma gordura qualquer que as pusesse a rebentar igual aos balões. Que dois grandes e disparatados balões para estarem ao peito de uma anã tão feita para ser triste.

A anã suspirou. A verdade era que não tinha encontrado um cavalheiro e os amores não lhe vinham nunca mais. Estava grávida, sim, mas não era coisa do amor, antes de uma rotina de solidão que enfraquecia a resistência e intensificava as vontades. As vizinhas admiraram-se muito mas não lhes importava nada o lamento existencial da desgraça dos amores, queriam dados concretos acerca do pai, do homem que ali fora meter-se naquela cama grande para fazer o que fora feito. E uma das vizinhas dizia: você um dia deixou a porta aberta, e nós vimos a cama nova, grande, que é coisa para um homem de fazer filhos, não é cama para você dormir sossegada. A anã suspirou outra vez e não respondeu. Depois explicou que não era fruto de um amor, apenas da solidão e da pouca resistência. Dizia que havia quem a incomodasse à procura de se meter com ela, e ela, nem sempre querendo, tinha pouca força e deixava que acontecesse como quem despachava um assunto. Despachava assim tantos assuntos, era só mais um, a servir de bocadinho de um certo afecto. Porque um homem tocando-lhe, ainda que de modo egoísta e a pensar em outras mulheres, só pelo toque já engana um bocado o coração, que pensa afectivamente ou guarda afectivamente cada sinal de abraço, cada sinal de beijo. As mulheres nunca mais lhe levariam meios coelhos, meios frangos, cenourinhas ou batatinhas mirradas. As mulheres nunca mais lhe levariam nada, por ter um corte no corpo que um homem pudesse querer, por não resistir a dá-lo a um homem que o pudesse querer, por efectivamente um homem o ter querido e ela lho ter dado. Não era um buraco igual ao que faz um prego numa parede. E havia sido um homem, e não um cão, um bezerro já grandito ou um bicho desconhecido. Não seria sequer um homem desconhecido. A anã era uma ordinária. Nossa senhora, raivosa, haveria de a levar para o inferno. As mulheres rezariam obstinadas por isso.

Ela tinha de pensar muito acerca do pai do seu filho. Tinha de pensar em como dar cada passo, embora nada a partir dali fosse fácil. O doutor dissera-lhe palavras peremptórias. Não podia acovardar-se naquele momento, e a pobreza dos seus rendimentos não dava para duas bocas, mesmo que pequeninas. A anã perguntou: o meu filho vai ser pequenino, assim pequenino. E o doutor respondeu: nada disso. Vamos ter de o tirar daí de dentro antes dos nove meses, porque senão ele dá-lhe cabo de tudo. Mas acredito que há-de crescer como cresce quase toda a gente. A anã sorriu feliz.

Sorriu feliz ao pensar nisso, que o seu filho seria um homem todo inteiro, e foi falar à polícia da vila, motivada por um direito também inteiro. Saiu da aldeia cedo e era cedo quando já chegava à vila e falava com um polícia. Não sabia se seria de mandar prender ou acusar, mas queria dizer a uma autoridade que estava grávida e precisava que o pai assumisse as suas responsabilidades. O polícia não conteve um sorriso e depois sentou-se e convidou a senhora a sentar-se também, puxou um papel e uma caneta e preparou-se para tomar notas. Perguntou: a senhora está a dizer que foi violada. E ela disse: não. E depois a anã continuou: ninguém me fez nada por mal ou por muito mal. Escrevi neste bilhete o nome de quinze homens, um deles há-de ser o pai. O polícia pegou no bilhete, olhou-o sem ler e disse: olhe que não engravida de andar na rua. Achava que a anã, talvez por tolice, pensava que se podia engravidar por cumprimentar um homem. Eram quinze nomes ali anotados, todos da aldeia, todos muito vizinhos, como se fossem um novelo de pessoas que se pertenciam. E o polícia voltou a dizer: estes são os seus vizinhos, por serem vizinhos não significa nada, precisava de ter ido com eles para a cama. A anã esticou-se a crescer um centímetro e respondeu: o tamanho do juízo tenho-o eu todo, e sei bem o que lhe estou a dizer, um desses quinze homens há-de ser o pai da minha criança, é preciso obrigá-los a fazer um teste ou coisa assim.

Eram quase todos os homens da aldeia. Faltavam dois moços crianças, um velho acamado, três homens emigrados que vinham só no natal e um outro que, embora casado, era mais sensível do que seria de esperar. A anã fizera as contas bem feitas e só voltava para casa frustrada por ser tudo muito complicado. O polícia falara-lhe no tribunal e em como teria de apresentar uma acção para declaração de paternidade, dissera-lhe que talvez fosse melhor pensar sobre cada um dos quinze homens e no tempo da gravidez, para saber com quem teria dormido ao certo. E a anã dizia que a sua vida era um reboliço, e acontecia tudo estando bem acordada, não dormia com ninguém. Dizia que, a ir e a vir dos campos, atarefava-se com os homens que não a largavam. Sabia lá quem poderia ter sido. Não era mulher de reclamar grandes atenções, e por isso não retinha nada de especial. Era como aproveitar o amor possível. O amor dos infelizes.

A partir de então, ninguém se aproximou da anã. Havia grande trapaça no corpo dela e a aldeia já tinha deixado de ser esquisita para ser sinistra, com um ar perigoso. Tacitamente, cada mulher agarrou no seu homem e, perdoando ou não, ignorou o assunto. Parecia que se trancavam todos em casa à espera que uma tempestade se fosse lá de fora. Abrigavam-se de uma ventania tremenda que fustigava o recato de um lugar tão esquecido. A anã só andava por casa do doutor e nada mais. Ainda estava de pouca barriga e já lhe cediam as pernas, e talvez fosse verdade que se partiria ao meio sem aguentar um bebé de comprimento completo a esticar-se dentro de si. A vizinhança começou a desejar que a anã morresse junto com o filho e tudo, e o mais depressa possível. A vizinhança começou a querer muito que se lhe abrissem as costinhas e que o filho lhe caísse das costinhas abaixo e ficasse podre no meio do chão para as formigas lhe passarem por cima. As pessoas imaginavam e desejavam as coisas mais feias, tornando-se pessoas feias pelo medo e pela avidez de continuarem a ser como sempre haviam sido.

Um dia, o doutor meteu a anã na sua casa e disse-lhe que ela já não saía dali grávida. Não tinha condições para mais e era preciso fazer o bebé nascer. Era tão cedo no tempo da gestação que havia uma possibilidade enorme de correr tudo mal. Passou palavra por toda a aldeia de que a anã estava em risco absoluto e teria um destino qualquer a cumprir-se nos próximos dias. O doutor tentava acalmar a mulher, e ela queria sobretudo que o seu filho nascesse e que tivesse modo de fazer a vida. Sentia que, se o seu filho vingasse, a sua vida valera a pena. Curava-se da tristeza e prosseguia no insondável que os filhos são. Os filhos, dizia, levam dentro famílias inteiras.

A anã morreu assim que o menino nasceu. Diziam que nossa senhora fora buscá-la raivosa, espumando de ódio por tanto pecado, e que fora pessoalmente entregá-la na mão do diabo, que se lambuzou radiante. Ao menino chamaram-lhe Camilo. Enterraram o corpo da anã como um monte de entulho que se cobre para não cheirar mal. Todos torciam o nariz e procuravam não fazer caso. Não foram ver. Apenas se asseguraram de que estava a coisa consumada. Quanto maior importância dessem ao sucedido, mais parecia que se acusavam da paternidade. As mulheres fecharam as bocas e olharam para os lados, ficando mais lá por casa com os maridos quietos, dominados, para serem castigados depois, lentamente, com uma vida inteira de rotina e miséria espiritual.

A anã morrera pela decência segundo os princípios divinos. As pessoas gostavam disso porque estava certo. E o alívio que advinha das coisas certas equivalia sempre a um milagre.

CAPÍTULO TRÊS
A MULHER QUE DIMINUÍA

A mãe da mulher enjeitada acordou um dia e falou como se fosse francesa. Não que se tornasse francesa de falar palavras novas, mas de falar a sua língua de sempre com um sotaque esquisito. Diziam que lhe dera a síndrome do sotaque estrangeiro, diziam que não tinha cura e, pior, que lhe acentuava o mau humor até à amargura total. Acordou numa sexta-feira de manhã, sabia que precisava de ir aos campos espalhar os bichos para comerem e regar de água bebível as hortaliças, chamou pelo marido com a naturalidade de sempre e um som diferente. Sentiu como se tivesse um gosto feio na língua. Chamou o marido e ouvia-se a si como ouviria outra pessoa, pois não era assim que falava, não falara assim nunca.

Dizia tudo com um sublinhado alienígena nas vogais escuras, os o e os u, que lhe saíam com um rebuscado até difícil de reproduzir. A mãe da mulher enjeitada chamou a filha de burra, porque a filha insistia com o pedido de calma, a ver se podiam recomeçar aquela sexta-feira de outro modo. Achava que a mãe estava nervosa, talvez, assustada e com voz de sono. A mãe dizia: não sejas burra, Isaura, tu sai-me da frente e chama o teu pai.

Um sotaque nunca seria uma voz de sono, não seria, menos ainda, um sabor na língua, um sabor feio, um sotaque era uma identidade estrangeira, sinal de uma pessoa que não pertencia àquele lugar, de alguém que vinha de outra paragem. Era outra pessoa. Outra Maria. A Isaura afastava-se da frente da mãe, que andava pela casa como à procura de um culpado, e nem cadeira, nem gato, nem porta e nem chá a ferver assumiram o acto, nada nem ninguém parecia ter culpa. A Maria, a alterada mãe da mulher enjeitada, assaltada por um som novo no seu próprio modo de falar, não encontrava alívio nem cura.

Um sotaque, diria depois, não era algo que pudesse tirar da boca com dois dedos, como a puxar pela língua esticando-a até ao limite. Como um mosquito que quase se comesse sem querer. Um sotaque não se escondia nem debaixo da língua nem no depois da esquina da garganta, era só um som, não se agarrava e não se mudava de lugar. A Isaura ainda pediu que o pai arrefecesse o chá com um pouco de água fria, mas a Maria saiu de manhã tão cedo daquela sexta-feira e foi alardear ao povo, desde os campos até ao mar. Correu a terra toda, cansando-se por nada. A síndrome do sotaque estrangeiro nunca mais a largaria, e não haveria ciência nem piedade para acudir àquilo.

A filha, também estupefacta, cuidava de tudo e confundia-se. O pai perguntava: Isaura, tu que tens. E ela respondia: ó pai, eu sou assim.

A Isaura espalhou os bichos e regou as hortaliças e encostou-se a ver o sossego breve do sol incidindo ainda fresco sobre as coisas. Sentiu-o na própria pele, a aquecer-lhe lentamente o corpo num enleio muito doce, confortável. Apenas por um instante. Antes de sofrer outra vez, outra vez o mesmo pensamento recorrente, incurável também, acerca da solidão. Desfazia os orégãos secos sobre o tecido branco e ficava absorta, como se fizesse outra coisa, estivesse noutro lugar, fosse outra rapariga.

Quando a Maria e o marido prepararam a filha, muito nova ainda, para o filho de um vizinho, falaram tudo do que mandava o juízo. Era uma rapariga bem-mandada, especialmente bem-mandada, sabia cada tarefa da casa e do campo, haveria de servir de esposa com brio. O rapaz, na altura já mais espevitado, quase adulto, punha-se de volta dela, a rondá-la como numa brincadeira, a dizer-lhe que era gado seu e que haveriam de ser felizes. A Isaura ficava feliz. Pensava que o rapaz a queria, talvez a achasse bonita e a desejasse o suficiente para serem felizes para sempre. Depois reconsiderava, porque a eternidade da vida era demasiado para qualquer fantasia, pensava nos pais e sonhava que o rapaz a amaria ao menos mais tempo do que os seus pais se haviam amado.

A Isaura voltava a casa, jurava que não se haviam beijado, o que fora verdade durante uns quantos anos, e fazia a sua parte na preparação do jantar. Dava pequenos saltos porque, às vezes, estava ansiosa de mais, mas logo se continha, não fosse a Maria decidir acabar com tudo, batendo-lhe, invejando-lhe a idade ou invejando-lhe a oportunidade da felicidade. Invejando-lhe o não ser estrangeira. O rapaz pedia-lhe vezes sem conta a proximidade do rosto, um beijo, a visão dos seios, a mão na ferida. Dizia ferida.

A Isaura corava e queria dar-lhe tudo e queria que ficassem mais velhos de um segundo para o outro, para casarem e desaparecerem, mais meia dúzia de bichos, para uma habitação própria. O rapaz chegava-se perto, e ela fugia-lhe, como se um beijo cicatrizasse na pele para todos verem. Fugia-lhe, como se depois os pais lhe espreitassem pela ferida adentro a ver onde ficava a intacta membrana que lhe selava a honra. A Maria cheirava a filha, e se ela cheirasse muito a rapaz, o que por vezes era o mesmo que cheirar a um dos bichos do campo, levava bem assente na cara e ficava prometida para todos os azares. A Isaura, mesmo durante o tempo em que ainda não beijara o rapaz e nem se encostara sequer às suas calças elevadas, lavava as mãos e o rosto, passava água fresca braços acima e entrava em casa o mais quieta possível para que não suspeitassem dos perigos, para que não suspeitassem das pressas dos seus corpos jovens. E o rapaz dizia-lhe: vamos fazer amor, Isaura, depois casamos na mesma, ninguém te espreita a ver se és virgem. E a rapariga respondia: a minha mãe mata-me, o meu pai mata-te. O rapaz repetia: vou ser o teu marido, o que tens aí é tudo para mim. Parecia que ela tinha ali muita coisa, como uma pilha de frutos ou objectos de entreter que se podiam pegar e levar embora.

Ela chegava a abrir as pernas, sem nunca levantar as saias. Um ar grande acorria-lhe pernas acima e o fresco era já como um toque diferente, uma presença ali ao pé do seu sexo guardado e expectante. O rapaz ia acreditando que poderia avançar, que lhe poria ao menos a mão, que poderia contemplar, ver como era, o que era, quanto era.

Ela então recolhia-se, por causa da mãe, por causa do pai, e dizia que não. Porque arejar-se já fora demasiado e não poderia prosseguir. O rapaz dizia que ela tinha o nome mais bonito de todos, o mais romântico e, instigado pelas más hormonas, tocava-se a dizê-lo, e ela corria para longe. Nunca chegava a ver nada de muito adiantado, mas ele, quase cruel, jurava-lhe que se masturbava. A Isaura pensava que mentia. Lavava-se e entrava em casa. A mãe rude e afrancesada espiava os seus modos, o pai pesava sobre tudo como uma espessa camada de silêncio, e assim ficavam as coisas num incómodo constante. Até ser insuportável.

As raparigas tinham uma ferida que nunca curariam. Estaria para sempre exposta, e por ela sofreriam eternamente. Os homens haveriam de investir sobre essa ferida de modo cruel para que nunca pudesse sarar. A Isaura não sabia ainda que era para que sofresse que lhe calhara ser mulher. Talvez, com sorte, pudesse ser um pouco feliz antes de morrer. Mas apenas um pouco e com muita sorte. A Maria dizia que isso não sucedia a todas. Apenas às mais merecedoras e espertas. Porque facilmente um erro estragaria tudo. O amor, dizia ela, estraga-se. O amor estraga-se. E tu não queiras ser ordinária.

Quando as coisas eram mais evidentes, o pai perguntava: Isaura, tu que tens. E ela respondia: ó pai, eu sou assim. Ardiam as lâmpadas ténues. A noite era toda para o frio e para o sossego. A Isaura deitava-se, nunca se tocava, tinha medo de se denunciar no património do rapaz. Tinha medo que as suas mãos na pele do seu próprio corpo deixassem uma cicatriz que se pudesse ver. Tinha medo que algo provasse ao rapaz a destruição do que lhe devia pertencer, e que ele se tornasse seu inimigo. Achava que o homem amado podia ser um inimigo, se a mulher não fosse merecedora e esperta.

Tinha medo da pilha de coisas metidas na sua honra, como coisas sobre outras ali guardadas que não devia entornar. Pensava em frutos, porque lhe falavam dos frutos do amor e da frescura primaveril das raparigas. Como fertilidade e abundância. Frutos de rapariga. Imaginava uma maçã em cima de uma pêra que estava em cima de uma laranja grande que assentava numa melancia enorme. Imaginava-se um corpo todo em equilíbrio. Deitava-se e pensava assim que, enquanto se conservasse direita para o compromisso eterno com o rapaz, o seu corpo estava perfeito. Era preciso que não o estragasse. Era preciso que não estragasse o amor. A Maria dizia-lhe isso mesmo: se lhe deres tudo antes do tempo, passas antes do tempo e depois ficas logo velha e sozinha, como os mortos cujas almas se esqueceram de partir. Deitada muito esticada na cama, a Isaura, de nome tão bonito, acreditava que tinha sorte. Ela tinha sorte e ia tudo correr bem.

Entretanto, com o tempo, a Maria desenvolveu uma angústia inconsolável. Entrara nas mezinhas loucas, lavando a boca com perfumes e estercos de todo o tipo, pondo a boca em flores e cus, em ventanias e riachos, à espera que lhe saltasse fora o sotaque que sinistramente lhe entrara. Depois, disseram-lhe que tinha de ser das coisas de comer, a passar muito perto das cordas vocais. Era uma loucura das cordas vocais, como se tivessem cérebro autónomo e raciocínio e subitamente perdessem a lucidez. A Maria arrastava a filha Isaura e iam as duas à procura das melhores e piores coisas de beber e comer. A Maria comia as merdinhas redondinhas dos coelhos, e a Isaura sentia nojo daquilo e achava que a mãe era parva de acreditar em tudo. Ao mesmo tempo, a Isaura calava-se a cada experiência e, quando a Maria abria os olhos e dizia a primeira palavra, esperavam as duas com o coração nas mãos que a mezinha tivesse funcionado. Invariavelmente, não dava em nada. A Maria dizia:

já comi espinho de rosa e cagado de tanto bicho, já bebi água preta das lamas e sangue novo de galo, já esfreguei nas mamas urtigas e na garganta serrim de carvalho. Já enfiei goelas abaixo a vassoura de lavar garrafas. Dizia-o e chorava. A Isaura punha-lhe um chá sobre a mesa. O chá arrefecia. Desfazia os orégãos secos e pensava para longe dali. Era um modo de fugir.

A vizinhança vaticinava que uma doença assim nunca se vira e que seria a mais rara ou única do mundo. Diziam que só a Maria padecia dela porque, entre toda a vizinhança, tinham estado por todo o lado e falado com toda a gente e não havia memória de defeito igual. E alguém disse que, se não era da boca, não era da garganta nem das cordas da voz, tinha de ser mentira ou tormento da cabeça. Era uma fantasia, uma maluquice ou uma loucura. A Maria zangou-se. Ainda trabalhava, e quem trabalha não está maluco, respondia ela. A vizinhança, à vez, foi inventando histórias sempre muito delirantes. Eram histórias fáceis de espalhar. Foi como se espalhou por toda a parte, porque a vizinhança ia a toda a parte e falava com todas as pessoas, que a Maria era mentirosa e que andava como suja a chafurdar nas merdinhas dos coelhos e até dos outros bichos maiores e mais cagões. A Maria odiou-os a todos. Desejou que morressem os vizinhos de todas as partes. Agarrou na Isaura como num saco de pernas altas e começou então a amuar até à amargura total. A Isaura dificilmente se livraria do jugo da mãe.

À noite, outra vez deitada em silêncio, a Isaura pensava sempre que o caminho para a liberdade estava no casamento e no meio das pernas. Pensava que, quando pudesse abrir as pernas, o seu rapaz a amaria por muito tempo e a faria feliz. Pensava que por dentro das pernas um anzol se prenderia ao pénis do rapaz. Um anzol imaginário que justificaria a fidelidade e a companhia para a vida inteira. Ser feliz era igual a ter a companhia dele e o sexo. Sobre o sexo ela não sabia mas imaginava muito. O rapaz dizia-lhe: se não me deres a ferida, não vou querer casar contigo. A Isaura morria de medo. Doía-lhe a ferida de tanto esperar. Pensava que tinha um nome bonito e que tinha nascido com sorte. Só precisava de ser merecedora e esperta. Ele também lhe dava a entender isso. Pedia-lhe que não fosse burra ou parva. Para ser melhor, tinha de aceitar.

Acabou por perder a virgindade num fim de tarde de verão, o calor bruto a obrigar que andassem com menos roupas e o rapaz com as calças a caírem-lhe pelo rabo. Ele tomou-a beijando-a, e ela já achava suficiente abuso, como se o beijo já a condenasse à morte. Por causa da mãe, por causa do pai. Mas ele fazia-a sentir o elevado das suas calças, ali no centro de tudo e, vestidos, encaixavam-se de algum modo, como peças uma da outra, casadas pela natureza, a romper a barreira difícil dos medos, das ordens. A Isaura lembrava-se de a mãe dizer: é bem-mandada, a minha rapariga é bem-mandada, faz uma boa esposa. E o rapaz mandava. A Isaura assim obedecia, mas talvez obedecesse sobretudo a uma necessidade própria. A mãe, afinal, não lhe explicara ou talvez não entendesse tudo.

Obedecia porque queria dominar o rapaz.

Afinal, o amor era ensanguentado e difícil. Ficara no chão, suja pelas porcarias que as rodas das carroças traziam, e doíam-lhe agora as costas e mais os arranhões nas coxas. Tinha pequenas mordeduras no rabo, talvez fossem espinhos mínimos que lhe picavam a pele, coçava-se. A limpar-se tão mal, olhava para si mesma quase sem acreditar que o amor parecesse aos olhos aquela desgraça. O rapaz tinha desaparecido rapidamente do barracão. Ia feliz de alguma coisa que não acudia à rapariga. Ia diferente da rapariga, como se fossem diferentes e não se pertencessem em nada. A Isaura pensava que lhe competia sofrer sozinha e que, afinal, estava sozinha. Pensava na hipótese de ser assim mesmo a natureza das coisas, a natureza do amor, e disse baixinho, encostada à parede e mal segura: pensava que o amor era bom. O amor fazia com que um e outro ficassem diferentes. Não conseguia entender tal coisa. Pensou que o rapaz tinha ido embora diferente dela. Não podia ser que o amor tornasse as pessoas diferentes assim, a menos que não fosse amor nenhum. A Isaura, naquele instante, não sentia o rapaz e sentia que o rapaz não pensava em nada. Estava muito arrependida. Talvez devesse ter esperado. Talvez apenas um pouco mais.

A Maria, a perder-se cada vez mais na sua perturbação, reparou que a filha lhe chegou a casa como um figo murcho. Pôs-se aos estranhos berros a dizer que ela vinha como um figo murcho. Abanou-a, perguntou-lhe o que tinha e não aceitou que a Isaura respondesse que estava bem. A Maria jogou-a sobre a cama e inspeccionou a face aquecida da filha. Estava ruborizada, os olhos um pouco líquidos e o fôlego quase falhando. Estava até rouca, a Isaura, dizia as coisas numa voz mais sumida. A Maria, inclinada sobre ela, olhava atentamente, como a contar coisas fugazes. Subitamente, perguntou: foi o moço. A Isaura respondeu: só estivemos a conversar. Ele diz que tenho um nome bonito. O nome mais bonito de todos. É o que ele diz. Naquele instante, a Maria odiava toda a gente.

A Isaura tinha dezasseis anos, apenas a idade para trabalhar e esperar. Apenas a idade de ser bem-mandada. A Maria levantou-lhe a saia, espreitou mal espreitado e teve logo a certeza. Viu-lhe o picado da pele, por causa de espinhos no chão ou outras porcarias de magoar que sempre o chão tinha. A Maria chamou o marido. Cirandou sem pouso pelo quarto até que ele veio. Disse-lhe que o moço tinha feito uma pressa e que a cachopa estava desonrada. O pai perguntou tantas vezes se aquilo era verdade que a própria Isaura se acusou detalhadamente. Não era muito culpa sua, porque não o queria antes do tempo, mas o amor urgia, como se tivesse horas diferentes das do pensamento, e tomava decisões perigosas, erradas, destruidoras. A Maria dizia que havia muito ano pela frente e que a filha ainda tinha obrigações para com os pais. Fazer pressa era uma traição e indignava a família. O pai dizia: Isaura, tu não és assim. Estava triste e espantado. E ela sentia que tinha culpa.

Quando a Isaura se lavou, sentiu mais forte o cheiro do rapaz, como se ele estivesse de novo presente, ofegante sobre si. Viu-se abismada a escorrer a água e nenhum fruto, nenhum objecto de comer ou entreter caindo, nada. O que havia ali dentro para ser oferecido já se tinha oferecido e sobrava nada. O pénis do rapaz brincara e comera tudo. A Isaura pensou que dentro de si o pénis do rapaz abrira uma boca larga que gulosa comera o que se guardava e, por injustiça ou muita tristeza, a ela nem lhe fora dado perceber o que seria. Que tesouro segurara dezasseis anos e que não continha mais. Ficava só o curso da água e uma sensação perdurante de ser empurrada, pressionada, como se um saco de pedras pousasse sobre o seu estômago. A Isaura talvez quisesse que o amor ainda mudasse para outra coisa. Poderia ser que o rapaz viesse ainda a correr por ela, a desculpar-se de se ter diferenciado tanto, de se ter ausentado, de ter fugido. Poderia agora vir dizer-lhe que a queria e tratá-la com um carinho que compensasse pela positiva o ensanguentado do sexo. A Isaura talvez pudesse deixar de se sentir estúpida e culpada se o rapaz viesse dizer-lhe que fora bom, que gostara e que gostava dela, gostava do seu nome, como se isso legitimasse a condenação de se nascer com uma ferida no meio das pernas, uma ferida que, ia aprendendo agora, servia para que padecesse. Mas o amor, nem por isso, chegava. A água ia lavando o corpo da rapariga como se lavasse sonhos também. Não para que restassem limpos e renovados, mas para que se apagassem como levados numa enxurrada. Apaga-se toda a rapariga, seguindo pelo ralo como se a alma se dissolvesse na água, igual a um açúcar que se perde e nunca mais volta ou volta muito dificilmente. Na porta de madeira velha encostavam-se os seus pais, furiosos mas também entristecidos pela sorte má. Ouviam a água e faziam cálculos ao medo. Se a rapariga engravidasse fácil, como as galinhas, seria pior. Uma rapariga de dezasseis anos não era gente de suficiência para cuidar de um nascido. O pai da Isaura segurava no puxador da porta como num gatilho prestes a ser premido. Diante de si a figura tremendo da filha lavava-se do amor como sabia. Lavava-se muito mal do amor. Mas lavava-se terrivelmente do amor. Contra a natureza.

O pai perguntava: sangras. E ela respondia: não. A mãe dizia: se calhar não foi ao fundo. O pai perguntava: saem coisas. E ela respondia: não. A mãe dizia: se calhar não foi ao fundo. O pai dizia: não foi ao fundo. A mãe dizia: não foi, não. A Isaura não via sair nada e não sabia o que pensar. O pai dizia: adoça-te, filha, tu adoça-te.

Dizia que se adoçavam as moças no seu asseio. Era um modo de estarem prendadas e se acostumarem a permanecer bonitas. A beleza das raparigas estava grandemente no asseio. O pai dizia: adoça-te, filha. Era o que lhe dizia tantas vezes, como se fosse um dia normal e a Isaura pudesse voltar a estar inteira e prendada.

A Maria disse à Isaura que devia meter o dedo mais comprido e muito esticado, a ver se chegava a sentir uma espécie de parede. Deitada, anestesiada com a vergonha, a Isaura tentava o estranho objectivo mas o seu curto dedo não era suficiente para o perceber. A mãe achava uma boa ideia, insistia, parecia ameaçar fazê-lo ela mesma se a Isaura não acedesse a executá-lo com esperteza. Esticas o dedo, o dedo grande, e procuras com cuidado, com cuidado, não vás fazer o que o estafermo não conseguiu fazer. A Isaura pensou: deve estar rebentado, por isso sangrei muito. A Isaura disse: tem uma parede fechada, é uma parede fechada, como uma toalha estendida no meio do caminho.

Pensava que talvez pudesse sentir um anzol partido. Um anzol estúpido que não mantivera o amor do rapaz dentro de si, preso a si. Seu.

Ela sonhou que o rapaz regressara e do seu pénis saíram os pertences da Isaura. Sonhou que lhe devolvia a vontade de acreditar no amor.

O pai da Isaura foi ao vizinho falar-lhe do sucedido. Era um incidente, como acontece aos cachopos que se rondam muito. O pai do rapaz nem deitou mãos à cabeça, nem se surpreendeu. Achava que os dois já andavam naquilo há muito, e pouco importava, porque parecia que queriam casar e naqueles tempos já não era grande virtude a virgindade. Zangaram-se. O pai da

Isaura não queria que os cachopos se portassem como adultos. O outro disse-lhe que agora era assim, dava na televisão e as crianças punham-se umas nas outras como se põem os bichos. Os bichos também não pensam em nada e fazem-no, dizia o outro. As crianças querem é crescer e prazer. Como se o amor fosse instintivo ou pudesse acontecer também aos estúpidos. Sem mérito nem esperteza. O pai da Isaura disse-lhe que o rapaz era um bicho, mas que a rapariga vinha e ia para gente. Foi só isso. A conversa muito breve e os compadres logo desavindos como se fossem inimigos com grandes causas.

Quando a Isaura soube, foi-lhe dito que era muito bom que não tivesse ido ao fundo, porque caladinha e lavada ia servir de absolutamente nova e a estrear para outro rapaz. Com aquele, já não casaria. Ela pensou que havia uma precipitação naquela decisão. E o amor, perguntou para si mesma. Não havia um amor entre ela e o rapaz, aquele sentimento contínuo de esperar. Esperara. Se o amor fosse o sexo e outra coisa qualquer, tinha de ser o sexo e a espera, a capacidade de esperar por alguém. O pai explicou-lhe pouco. A Isaura não entendeu nada. A Maria achava que a rapariga virgem seria fácil de encaminhar com outro. Desde que ficasse encaminhada, a vida ia dar ao mesmo. Os homens eram todos iguais. Só as mulheres podiam aceder à diferença.

A Isaura pensou nisso. Na igualdade dos homens e na oportunidade de diferença das mulheres.

Quieta, quando novamente sozinha, esticou o dedo e foi à procura de uma parede que verdadeiramente sentisse. Uma que verdadeiramente ali estivesse a pô-la de nova como a estrear para outro rapaz. Mas nada. Por isso tinha visto tanto sangue, por isso tinha doído muito e se definira o amor como uma fome bruta e sem prazer. Fechou as pernas, imprestável, os frutos haviam caído, a sua honra havia-se entornado. Estava sozinha. Foi pedir ao pai que reconsiderasse. Confessou gostar do rapaz. Achava que, se não ficasse com ele, não ficaria com ninguém, porque não sabia procurar, não sabia namorar, e não seria prometida para mais ninguém. O pai pensava que a honra da família tinha sido morta.

Enquanto isso, mais e mais, a Maria dispersou a sua atenção. Era o modo como todos entendiam o seu comportamento. Estava cada vez mais dispersa, até nem zangada, apenas absorta, sem querer falar muito ou fazer muito. Começou por não conversar. Dizia só o essencial. Depois, foi parando os gestos, como se terminasse a sua energia, outrora tanta. A Maria tornava-se envenenada pela sua voz, a repudiar-se. Os médicos tinham-lhe dito que ficaria confusa se não exercitasse a lucidez com cuidado. Mas os médicos nunca saberiam que água mole seria um sotaque na pedra dura da resistência de uma mulher. Nunca compreenderiam como ficava a Maria a perceber-se menos, incapaz de se identificar no estranho da sua doença. Já muito tempo passado sobre as mezinhas e as curandices, nenhuma esperança restava.

Agora trabalhava menos, instruía a Isaura e ficava a demorar-se pelos cantos como à procura de perder tempo e mais nada. Com isto, ninguém percebeu o quanto a Isaura suplicou ao rapaz que voltassem os dois à promessa de casar. Ninguém percebeu como a rapariga escapava dos seus afazeres, nuns minutos de cada vez, para se ir insinuar ao rapaz com um amor baralhado, magoado, encurralado, sem ter mais para onde ir. E o rapaz reiterava o desprezo. Já não a queria. Dizia que ela o traíra acusando-o aos seus pais. Dizia que ela era feia, que entretanto estava já com dezoito anos de velha e que as raparigas mais livres começavam a aparecer pela praça e ele ia lá colhê-las como das árvores. É só pegar e deitar-lhes a boca, porque foram feitas para os rapazes. As raparigas foram feitas para os rapazes, dizia ele mil vezes. A Isaura, crescendo toda, dava-lhe tudo se ele quisesse. Mas ele pensava que ela era um problema. Pensava que, afinal, não queria comprometer-se tão novo porque as raparigas livres abundavam e ele queria abundar na sorte de as ter por perto.

Punha-se na Isaura, chamava-lhe depois nomes, ela nem sabia se engravidava a cada passo ou se por sorte os filhos lhe morriam avulsos no lugar errado. Ela entristecia de tal modo, e tanto se mostrava de vítima, que achava poder apelar a alguma piedade do rapaz. Ele, por outro lado, achava mais e mais que a Isaura era uma coitada, e que já era sorte que ele a usasse para o prazer. Porque usá-la assim já era dar-lhe o amor a que ela tinha direito. O único amor a que teria direito. O amor dos infelizes.

Assim foram uns anos, como se pelos anos ela acreditasse que ele se cansaria e ficaria para sempre. Ele, entusiasmado pelas raparigas da praça, magoava a Isaura como a gastar com ela um resto de outro desejo ou só um excesso de desejo. Não era nada por ela, era exclusivamente por ele. Uma demasia.

A Isaura fechava a boca. Sentia-se feia, via-se feia. Lavava-se e sentia-se suja, via-se suja. Adoçava-se e já não tinha como se prender. Estava sempre magoada e suja. A Isaura falava e ouvia-se mal, sentia-se burra. A Isaura fechava a boca, sujava-se nos bichos, na terra, trabalhava a sujar-se. Cortou o cabelo e ficou feia, mesmo que já não se visse, mesmo que nunca mais quisesse olhar para o espelho. Não comia, não queria mais ser gorda, ser rude, ser do campo. Não queria ser ninguém. Queria diminuir até ser nada. Com o tempo, a Isaura emagreceu até um graveto frágil, triste, a faltarem-lhe todas as hormonas de ser mulher. A Isaura parecia um bocado de gente. A Isaura diminuíra. O pai dizia-lhe: Isaura, tu não és assim. Desfaziam os orégãos, os três derrubados sobre a mesa da cozinha, e estavam longe. Tinham sobretudo medo de se aproximarem uns dos outros. Como se voltar uns aos outros fosse a garantia de um entristecimento maior. Os orégãos secos estendiam-se na toalha grande e a casa cheirava bem.

Enjeitada e diminuta, a Isaura envergonhava-se de ter um dia oferecido tudo ao amor, mesmo sabendo que o amor era longe de bom, mesmo sabendo que era sexo e espera, a Isaura sentia que esperara demasiado e por ilusão, por estupidez. Estava para sempre sozinha, e para sempre era quase uma impossibilidade, por isso pensava que a sua vida se encurtaria para lhe tirar todo e qualquer direito de ser de outro modo, de ser outra. A Maria, calada, já não lhe berrava nem instruía de coisa nenhuma. A Maria não pensava muito na Isaura. Viviam cada uma para seu lado, a coincidirem em momentos muito definidos que, numa sobrevivência instintiva, as punha como mãe e filha à mesma mesa e mais nada. De certo modo, ambas pareciam esgotadas do tempo prematuramente. Como esses mortos cujas almas se esqueceram de partir. Iguais.

CAPÍTULO QUATRO
O FILHO DA MATILDE

Muitos anos passados, apareceu por ali um homem maricas que vinha ver a Isaura de longe, a dizer-lhe bom dia e a sorrir. Era um homem dos que não gostavam de raparigas e precisavam de fazer de conta. Aparecia pelo campo grande e queria meter conversa com ela que, magra e muito muda, o enxotava entre os bichos sem querer conversa. A vizinhança dizia, mesmo sem certezas, que era um homem com histórias horríveis, encontrado nos ermos a falar com estranhos, com outros homens, que tinha sido visto a subir as calças ao pé das águas onde os trabalhadores nadavam. Sabiam todos que havia crescido errado, diferente dos outros rapazes, diferente das pessoas. Era como alguém incompleto das ideias. A Isaura enxotava-o mais por isso, porque, visto sem mais nada, tinha um ar limpo e entroncado, como um homem bem-educado, talvez demasiado educado para andar na vida dos campos. À Isaura, contudo, não lhe importavam conversas e amizades com um rapaz cheio de loucura. Bastavam-lhe a magreza, a velhice acelerada dos pais, o mau do amor. Bastavam-lhe as feridas todas.

O homem maricas, no entanto, rondava-a como um náufrago em torno de uma tábua a flutuar. Não a largava e sorria sempre, a trazer-lhe simpatias nos cumprimentos cada vez mais demorados e corajosos. A Isaura confundia-o com as flores. Via-o delicado e pensava que ele era frágil e imprestável como as flores. Tinha-lhe um certo nojo porque previa que se atreveria a tocá-la, talvez até a beijá-la, para que o disfarce fosse perfeito, e ela não queria beijar uma boca tão complexa. O homem, que até se perfumava, sentava-se ao pé dela e jurava gostar dos animais, insinuava que os pássaros voavam sobre eles porque a reconheciam, e falava na praia, em como se estaria bem na praia a descansar. A Isaura perguntava: você não trabalha. Ele dizia que sim, mas que vinha em preparos especiais para visitá-la, era por isso que estava todo de domingo. Ela dizia: o trabalho não suja. Ele sorriu. Achou a ideia mais justa de todas, a de que o trabalho não suja. Aproveitou para dizer que por isso gostava dela, a via com modos brandos e encantava-se. Ela cheirava a bichos e estava de boca fechada, anoréctica, zangada. Estava feia e suja. Mas ele importava-se com o ela ser mulher. Importava-se apenas com isso.

Pelas janelas da casa, a Maria espiava a filha com a sua companhia. Atirada para o fundo do seu poço, a Maria, que já mal falava, observava a filha enjeitada e pensava que havia criado um certo monstro que apenas teria entrega a monstro semelhante. A Isaura andava e atrás de si ia o homem maricas como uma abelha, tão bela quanto imprevisível. A Maria já pensava pouco na filha, mas não pensava em mais nada.

Um dia, a Maria segurou na Isaura igual pegava nos cabritos pequenos para lhes ver a saúde. Esticou-a no seu colo e pôs-lhe um dedo. Fez-lhe o que não fizera anos antes, para saber a verdade ao invés de se iludir com uma mentira. A filha debelava-se para se soltar mas já estava feita a prova. Não se disseram nada. Talvez fosse que o homem maricas casasse com a Isaura e dividisse com ela a dificuldade da vida. A Maria pensou que tinha uma filha que era perdida e que o melhor que podia acontecer-lhe era ficar com o homem maricas e calar-se para sempre. Tantos anos passados naquela condição de solteira, a Maria ainda achava que a filha tinha obrigação de se ter inteira, adoçada e inteira, como uma mercadoria muito paciente à espera de comprador. Perante a impaciência, um homem execrável já era melhor do que nada.

Ele vinha como de costume, e a Isaura deixou que dissesse mais. Era uma ideia comum, essa de os homens maricas procurarem mulheres enjeitadas para casamentos de aparência. Alguns chegavam a ser felizes na maneira como geriam as suas famílias e os seus desejos sexuais. O povo diria o que lhe aprouvesse, mas também compreenderia o propósito desesperado da Isaura, a mulher feia e de ar doente que ninguém curaria nem quereria. Um homem maricas, por mais repugnante que fosse, seria sempre um marido com validade para melhorias fundamentais como aumentar a estabilidade financeira e assegurar o socorro nas urgências médicas e azares diversos. Por mais maricas que fosse, seria semelhante a um homem capaz de proteger a Isaura nos sustos de cada dia. O povo entenderia assim, e a Isaura imaginava que os principais nojos lhe passariam aos poucos, porque os velhos aos poucos também se habituavam ao nojo e ao declínio. Indo para velha, menos lhe custaria acompanhar-se de uma porcaria qualquer.

Por vezes, os coelhos, enganados ou a fazerem-se de espertos, esfregavam-se macho a macho para se aliviarem. Ela bem o via. Talvez fosse um erro da natureza que se lhes impõe, porque eles nem pensariam o suficiente para o decidirem sozinhos. Os coelhos nasciam quase sem cérebro. Ela olhou para o homem e pensou que ele não teria culpa de ser como era. Talvez tivesse pouco cérebro. Ele disse: estão todos na praia. Ela respondeu: estou muito magra, tenho vergonha de tirar a roupa. Ele respondeu: nunca a obrigaria a fazer nada de que tivesse vergonha.

Naquela altura, o pai da Isaura foi ao vizinho fazer as pazes. O velho, que era só como silêncio, falou e prometeu que a filha lhe serviria o filho como esposa de grande juízo. O outro respondeu que estava o rapaz já aviado de amores, por casar até, e que também lhe dava pena que aquilo não tivesse ficado como estivera combinado. Depois de voltar a casa, o homem percebeu que a Isaura estava solta para entristecer sem mais nada.

Morreu-lhe o pai já a Isaura ia com trinta anos de idade. Um dia, morreu. Foi como se o silêncio se intensificasse. Não pesava mais na surdina das coisas. Elevou-se de si como fantasiara a Isaura tantas vezes, largado na temperatura do ar e mais nada. Quem morre, pensou ela, fica largado na temperatura. Quase sorriu como se sonhasse consigo mesma. Foi a enterrar, e disseram sobre ele as banalidades que eram coisa nenhuma e que já não importavam. Ela sentou-se ao pé da sua terra e lembrou-se de como ele lhe perguntava o que tinha, e de como ela dizia que era assim. Pensou que não sabia como era. Na verdade, pensou que não sabia como era. Como se o confessasse de uma vez por todas ao pai, enfim, morto.

A Isaura ficou sozinha com a mãe a estrangeirar, com os bichos a comerem desmiolados como sempre, com as hortaliças tesas de um verde entusiasmado a pensarem que o sol bastava. A Isaura ficou sozinha com um homem maricas. Soube que o pai tentara desesperadamente salvá-la, ali tão à última hora. Soube que não valera de nada. Ela olhou por sobre o muro e percebeu que, mínima e a diminuir, estava a trancar-se cada vez mais, como a fugir por dentro, para longe, para um lugar tão distante que podia existir só dentro das pessoas. Pensou também que os homens eram todos iguais e que apenas às mulheres era dada a diferença. Achou que era bom saber disso. Disse que sim. O homem maricas sorriu. Iam ser felizes de qualquer maneira. Não se tocaram, não se beijaram. Não era necessário piorar as coisas.

A Maria ajeitou alguns objectos em casa. Teve força e vontade para preparar pequenos confortos que receberiam grandemente o homem maricas como um marido normal. A Maria, fantasmática e sempre calada, sentia por instinto a felicidade possível, abrindo a casa ao casamento da sua única filha, o monstro ainda assim amável e estragado pela estupidez. A Isaura, iludida, pensava que estava tudo certo e que o homem maricas teria por si um amor diferente, sem corpo, pouco corpo, mas metade do corpo, todo o cuidado.

A Isaura, iludida, respondeu que sim ao padre, e estavam na igreja só a Maria e a Matilde e mais uns quantos crentes que casualmente ali passaram. E assim se puseram de padrinhos o sacristão e outros da comissão fabriqueira, e o padre abençoou o casal mais por piedade do que por juízo. Era como casar dois animaizinhos destituídos de grandes méritos mas indubitavelmente filhos empobrecidos de deus.

A Matilde era a mãe do homem maricas.

Dizia a vizinhança aquilo ser um desrespeito pela morte do pai da noiva, que havia apenas umas semanas fora enterrado. A própria Isaura pensou sobre isso. Mas ainda que tivesse tentado ajudar, ainda que antes de morrer tivesse procurado o vizinho para lhe pedir o rapaz, à Isaura parecia-lhe o pai uma personagem distante, desnecessária. Percebeu a solidão que crescia, mas não entristeceria pelo desaparecimento dele. Achou-se uma má pessoa. Casou-se talvez convencida de que mereceria tal casamento. O marido era um maricas, a esposa era uma má pessoa. Não precisava de ser esperta. O padre disse-lhe que tinha um nome muito bonito. Ela pôde sorrir. Não queria pensar em mais nada. Ao menos por um segundo enquanto se vestia de branco. Um segundo.

Depois, à noite, a Isaura acordou sobressaltada. Talvez o homem maricas estivesse na cozinha, talvez bebesse água, sentia-se bem o calor e talvez se tivesse levantado para pensar em como mudara a vida. Talvez ele tivesse apenas fugido como dos orégãos que se desfaziam para cima da toalha branca enquanto se pensava numa felicidade maior. Como se já a vida fosse outra e os gestos absortos correspondessem a não estar ali nem fazer aquilo. A Isaura acordou sobressaltada. Atravessou o corredor e foi ver à cozinha se estava casada. O silêncio não continha marido algum. Estava tudo mesmamente solteiro e igual às noites anteriores. Mas a porta da rua ficara aberta, o portão lá em baixo ficara aberto. Se a Isaura não o fosse fechar os animais que dormiam tão pouco e os que já passeavam soltos poderiam fugir. Era sempre o mais importante, que não lhe fugissem os bichos.

Sentou-se depois a beber água. Sentia-se o calor. De tão magra que estava já não suava. Pensou que o amor era mau. Sentada como estava, jurou para si mesma que não esperava ninguém. Não o esperava. Porque não queria acreditar que lhe tivesse amor, se o amor fosse feito apenas de sexo e espera. Não lhe queria o sexo, não o poderia esperar, não o amava. Bebeu a água e, se não podia esperar, não sabia o que fazer.

Foi pôr-se a olhar para a Maria que, por ínfimos ruídos, acordou também. Assim se olharam sem conversa. Pareciam, com aquilo, odiar-se mutuamente, como culpando-se mutuamente de alguma coisa. A casa ficou estúpida. Com arranjos aqui e ali, até umas flores silvestres na cómoda, a casa embonecara-se como uma menina ingénua. Uma casa menina. Uma casa ingénua que não aprendera ainda quem a habitava, a leviandade afectiva de quem a habitava, o quanto podiam os seus habitantes errar e precipitar-se como suicidas. A casa assim ficou, sem que lhe mexessem, deixada a murchar sozinha, sem importância. A Maria, como a casa, era olhos, nenhuma boca, nada, tão alheia. O xaile preto tinha uma flor, talvez uma rosa. Sem importância.

Ninguém salvava a Isaura de nada. A mulher enjeitada ia para os trabalhos da família, abreviando-se pelos campos, e não havia mais quem a visse ou soubesse dela. Não se mostrava. As pessoas julgavam que estava ao abandono por natureza, porque algumas mulheres ficavam abandonadas na falta de desejo ou atributos, por uma simples decisão da natureza. Davam pena, mas era uma necessidade do curso da vida. A vida fazia-se à revelia da felicidade. As pessoas julgavam que a Isaura ia apodrecer a virgindade dentro do meio das pernas. Como uma virgindade que não prestava, não servia para nada. Ela, magra e quase morta, sentia outra vez o sol aquecer-lhe a pele, estendia-se como podia na erva verde e escondia só os olhos. Fechava-os. Não precisava de ver. Seria perfeito que a luz absorvesse o seu espírito, o seu pensamento, e o ilibasse do corpo. Como seria perfeito se a luz justificasse que deixasse ali o pouco corpo e flutuasse em partículas desunidas pela intensidade amena da temperatura. A Isaura passava os anos, envelhecia, diminuta e diminuindo por dentro também. Apoucava cada esperança até não ter esperança nenhuma. Esquecia progressivamente o que quer que lhe criasse ansiedade. A Isaura, verdadeiramente, morria.

Era verão outra vez, e depois dos campos de cultivo e de pastoreio havia a vila e depois a praia. A Isaura percebia como as pessoas dos campos vizinhos se ausentavam para irem a banhos. Iam em grupos, homens e mulheres, levavam merendas e voltavam já com o vento levantado, aquela nortada gelada que acabava com o despido dos corpos. A Isaura percebia como envelhecera para tão triste figura e não se aventuraria nunca onde as pessoas se expunham. Estava toda de ossos à mostra, até coberta de panos se viam os ângulos agressivos dos ossos, estava como faminta. A Isaura, verdadeiramente, apenas morria.

Contudo, uma madrugada, acordando demasiado cedo e vazia, a Isaura saiu ao campo na pouca luz e não pensou. O homem maricas tinha desaparecido havia pouco mais de um mês. Estava profundamente só. Desceu os campos, chegou à vila, atravessou a vila e chegou à praia. A imensidão da areia parecia o sol a aparecer ao contrário. Uma barra de ouro gigante que se acendia lentamente, ganhava intensidade e aquecia. O mar vinha pousar-se ali como inteligente. Sabia onde pousar-se, tão calmo naquele nascer do dia, sem passar o pé para além do certo, como a visitar as pessoas das casas, como à espera. O mar todo apaixonado pelas pessoas. A Isaura caminhou a sentir-se assim, perplexa e vazia, como se não fosse ninguém, apenas a encantada percepção do que há no mundo. Caminhou até ao extremo da praia, onde o areal se reduzia um pouco e as casas humildes dos pescadores chegavam mais às ondas, arregaçadas por troncos de árvore. Foi quando se sentou e descalçou os pés. O sol nas suas costas era já uma generosidade grande e não havia mais ninguém. Não havia ninguém. A Isaura disse: eu pensava que o amor era bom.

Tão estranho que depois de tanto tempo e tanta mágoa pudesse pensar no amor. Amanhecera vazia, sem ninguém dentro de si mesma, e foi como se encheu com a ideia de afinal ser impossível esquecer o amor. Porque o amor era espera e ela, sem mais nada, apenas esperava. A Isaura sabia que amava alguém por vir, amava uma abstracção de alguém no futuro. Ela esperava o futuro, e esperar era já um modo de amar. Esperar era amar. Certamente, amava de um modo impossível o futuro. Disse: eu pensava que o amor era bom. E chorou sem qualquer convulsão porque aceitou chorar. Aceitou chorar. Havia muito que não o fazia. Talvez tivesse percebido que a natureza era, toda ela, uma expressão exuberante e que manifestar os seus sentimentos seria uma participação ínfima nessa honestidade do mundo. Talvez tivesse percebido que usava de honestidade consigo mesma pela primeira vez em muitos anos. Disse: estou sozinha. E repetiu: estou sozinha. Desatou a falar como se não suportasse mais a boca fechada.

Era uma mulher carregada de ausências e silêncios. Para dentro da Isaura era um sem-fim e pouco do que continha lhe servia para a felicidade. Para dentro da Isaura a Isaura caía.

O FILHO DE MIL HOMENS

CAPÍTULO CINCO
A MOEDA PEQUENA

Quando a anã parou de respirar, aberta das costas e desfeita dos órgãos, o doutor ainda separava das tralhas do parto o corpo sujo do menino a nascer. A anã já era só uma matéria antiga, estragada e sem mais oportunidade, e o menino ainda pensava que o seu corpo prosseguia pelo dela. O doutor, a tomar o menino muito inacabado, pensou que não nasceria dali ninguém. Pensou que, por ser prematuro de tanto tempo, se desfizera a sorte. Não houvera gestação suficiente para que acudisse àquela confusão a constituição de uma alma. Era só um troco de carne. A criança era o resto de uma conta de outro corpo que, ao morrer, parecia revoltar-se na tentativa de deixar memória. Um troco do pagamento da morte como um último sonho de vida. A criança era uma moeda pequena que não compraria nada na capacidade de sobreviver. A mulher do doutor, enchendo bacias de panos ensanguentados, disse que assim nasciam nem os bichos. Mas o menino, afinal, chorou.

Tinha alma. Puseram-no em cuidados e começaram as conversas acerca do que lhe fazer. Enterraram a anã num buraco pequeno no cemitério da vila, mas não houve pedra para lhe pôr. Cobriu-se com um alto de terra onde, no primeiro dia, certamente algum homem, por resto de amor, foi deitar umas flores repartidas da jarra de outro morto com mais sorte. A partir dali, a anã apagava-se da vida do povo. As hipocrisias faziam de conta que nunca existira alguém assim, os papéis rasgaram-se, a casa ficou trancada, a estragar-se, até que se rompesse o pé de uma porta e os gatos fossem para lá mexericar e apodrecer tudo. A grande cama da anã era um lugar negro, como um pântano, onde os animais, entrando, iam dormindo como a sossegar no fantasma de alguém. Podiam nascer morcegos e cogumelos ali, podiam nascer aranhas matadoras e cirandar espectros para sempre desconhecidos e abandonados. Mas o menino tinha alma. Seguiu para o hospital, incubaram-no e sobreviveu, mesmo debaixo do pior olhado.

Quando o velho Alfredo foi falar ao doutor, ia apressado como os homens práticos, a pensar que era coisa simples de se resolver, tomar o menino e esquecerem-se todos do assunto. O velho Alfredo, que vinha de uma vila de praia e passava naqueles interiores a passeios de reformado, dizia que queria o menino, não lhe faria mal e haveria de o criar a ver o mar com muito carinho. O doutor achava que ele tinha talvez demasiada idade, estaria já cansado, e que uma criança nascia para o futuro, nunca era uma coisa apenas do presente. Dizia assim: as crianças são para depois, nunca apenas para agora. O velho Alfredo perguntava: e chama-se Camilo. O doutor respondia com outra pergunta: e que lhe dirá você quando crescer. O velho Alfredo jurava: que sou avô dele, vou dizer-lhe que sou avô dele até lhe poder explicar melhor a história e ele já se ter em pé e trabalhar sozinho. Hei-de fazer dele um homem antes que o tempo me venha morrer. Não importaria que tivesse um passado triste. O passado não corre. O doutor pensava o contrário. Pensava que o passado tinha pernas longas e corria, sim, e muito, como um obstinado a marcar a sua presença, a sua herança. O passado é uma herança de que não se pode abdicar, disse o doutor. O velho Alfredo encolhia os ombros. Não podia desfazer a história do menino, não podia suprimir a desgraça da anã ou a sua atabalhoada forma de se compensar do amor. Ninguém poderia biografar o Camilo novamente. Novo era só o presente e o que se pensasse do futuro. O doutor pediu juras e o velho Alfredo jurou. Ninguém mais quereria o menino além daquele forasteiro, sem história por ali e um pouco destituído. O doutor insistiu com as juras. Fizeram-se os papéis. Enganaram-se os papéis. Os adultos sorriram. O menino, quando amadurecido pela incubadora lenta, como um iogurte caseiro que fermentava, seria entregue. Haveria de ser colocado entre o amor de dois velhos, ela já morta e ele ainda vivo, apressado. Tão pequeno era o menino, e já chegava como da terra ao céu nas coisas dos sentimentos ou das loucuras.

O pequeno Camilo foi enrolado nuns lençóis e desapareceu entre documentos e pressas. Ia no carro do velho Alfredo, muito sossegado, a ganhar tamanho, a dormir, a comer, a sujar-se. O doutor foi quem o embalou como de encomenda. Sabia o que estava a fazer. Era muito melhor que o menino fosse para longe daqueles altos, porque eram quinze os pais negando tudo, ignorando tudo, e quinze as mulheres enganadas. Um filho não podia ter quinze pais e mendigar, ainda assim, que algum o tomasse. Na tamanha vergonha em que o povo se metera, seria um perigo para toda a ínfima felicidade que a criança crescesse com tantos inquinados, traiçoeiros, inimigos. O velho Alfredo pegava no menino e fazia-o sorrir. Mas este era ainda muito carrancudo. Não percebia nada da vida e não fazia escolha. Calava-se. Era um bebé calado. Talvez sentisse que até começar a respirar fora já caminho longo de agruras e rondas de morte, talvez não quisesse agora arriscar mais coisa nenhuma. Não vinha por graça e não encontrava graça em nada nem ninguém. Precisava de tempo. Assim chegaram à vila na praia, à casa do velho Alfredo, que se abriu num silêncio complexo.

Anos antes, a falecida Carminda ali estivera de esperanças. Dizia ao marido que teriam um filho que lhes cuidasse da velhice, que seria um filho a cuidar-lhes da alegria. Descansava muito, bojuda pela casa, lentamente, a ficar quieta e pesada, que era o seu menino a ganhar alma, diziam. Quando a Carminda sangrou e o perdeu, ficou angustiada com o que acontecia aos filhos que não se podiam ter. O velho Alfredo dizia-lhe: não te aflijas, Minda, a alminha dele há-de ficar guardada no céu para nos nascer da próxima vez.

Talvez fosse verdade que a alma feita por um bebé que não se pudera ter voltasse mais tarde, como alinhada previamente, num direito de preferência, para vir ao mundo com aqueles mesmos pais, aquele mesmo destino. E seria decisão do destino que ela não viesse tão cedo. Mas a Carminda não deixou de sofrer, porque nunca mais reincidiria na maternidade. Ficaria oca, apenas oca, sem modo. A Carminda dizia que era como um casco infértil, apenas a aparência de uma mulher, mas não mais uma mulher capaz de ser mãe. Era o resto. O resto de uma mulher.

Dizia que as mulheres se abriam pela cabeça e que o diabo lhes metia uma colher pelos ossos adentro a comer os conteúdos. Pensava que as mulheres se abriam pelas pernas e que o diabo lhes metia uma colher pelos lugares adentro a comer os conteúdos. Ela sentia que uma colher lhe comia os conteúdos e chorava numa revolta que já não lhe dava nem coragem.

Cismava com almas do outro mundo como se fosse perscrutada para ser dominada e abatida. O velho Alfredo abraçava-a muitas vezes, olhando para o sozinho da casa e tentando também pacificar-se com aquela impossibilidade de fazer família. O velho Alfredo aquecia como sabia o coração dos dois, e era certo que o coração dos dois não gelava, apenas ficava mais pequeno à medida que a tristeza lhes ganhava tudo. A Carminda contava a toda a gente que estava ali como um tronco de árvore deitado por terra. Toda a gente lhe respondia com piedade, por piedade. Ficava oca.

O Alfredo sentou-se com o menino ao colo e precaveu-se de quanto soube para tratar das suas necessidades exigentes. Ainda era minúsculo e não tinha valentia nenhuma contra as armadilhas do mundo. O velho Alfredo preparara a casa nas temperaturas, nas luzes, com a despensa repleta de fraldas e leite em pó, pó de talco, gotas para o nariz, cobertores pequeninos, chupetas, parafernálias e parafernálias. Sentado com o Camilo ao colo, pensou: Minda, o nosso menino chegou. Deixou depois a mão sobre a cabeça do menino, como se assim lhe pusesse a alma certa no corpo, e sorriu. O nosso menino chegou. Pensou que as almas nunca se perdiam, nunca se desperdiçavam, e que o lugar delas havia de ser grande, e pensou que o destino saberia como se cumprir, quanto mais não fosse por respeito. Pensou que a Carminda, suspensa à espreita pelos céus, se assegurara de fazer com que aquele fosse o filho deles, que finalmente chegara a oportunidade do filho deles. E o velho Alfredo disse: Camilo, o nosso menino. O velho Alfredo, enquanto o dizia, sublinhava a falta que lhe fazia a esposa. Ter o menino pequeno era como persegui-la pelo impossível. E a alma que coubesse à criança, achava o velho, era uma cercania da Carminda. Vinha de perto da Carminda, como uma coisa ao lado. Como se trouxesse um pouco do seu toque, do seu perfume, talvez pudesse fazer renascer o seu sorriso, uma expressão característica, um jeito específico como acontece entre familiares. Ter aquele menino era como tê-la por perto, repetia uma e outra vez no seu pensamento extasiado. Por isso, acreditou que estava tudo certo, que fazia tudo certo e que, com aquela idade, ressuscitava como podia o amor da sua vida. Pelo amor. Porque só o amor faria um milagre assim. O pequeno Camilo. E o velho Alfredo parecia abdicar das necessidades ou de reiterar a prudência. Por um perigo, o velho Alfredo podia ser só um maluco. Pensou que o menino também era o resto da Carminda, o resto da mulher que afinal se prolongava. Sendo o resto da anã, transformava-se no resto da Carminda. Uma moeda pequena que ganharia valor com o tempo. Haveria de ganhar valor e pagar tudo.

O Camilo cresceu a achar que a Carminda andava pela casa. Quando se ouvia um barulho inusitado, uma porta que rangia sozinha, um toque nas janelas, um sopro do vento que se assemelhava a um murmúrio, o pequeno prestava atenção como se esperasse a formação de uma palavra. Talvez a Carminda lhe dissesse algo. O avô assim o ensinara a saber da presença da mulher morta. Silenciavam-se muito à noite, depois das coisas do dia, as tarefas e os prazeres, e escutavam antes de adormecer. Por algum motivo, o velho Alfredo acreditava que o sossego da noite era vigiado pela mulher. Se ela estivesse longe, viria para casa naquele momento, como a fazer a sua parte, a desempenhar o seu papel, o que pressupunha também a entrada assídua nos sonhos dos dois, Alfredo e Camilo. O rapaz imaginava as fotografias a ganhar vida, mesmo as mais antigas a preto e branco. Imaginava aquela mulher que não conhecera a mexer-se e pensava que teria a voz bonita e diria coisas inteligentes. O Camilo imaginava coisas inteligentes para serem ditas pela Carminda nos seus sonhos. Quando acordava, espantava-se com tais palavras. Dizia ao avô tudo de quanto se lembrava e sentia ter aprendido. Quando um ruído estranho e súbito de novo se fazia escutar, ele sorria e dizia que era a avó. A avó estava por perto. O velho Alfredo respondia: eu e a tua avó vamos estar sempre perto de ti. O rapaz acreditou que a companhia podia vir de dois mundos. A natureza da sua cabeça via isso como verdadeiro e tornar-se-ia muito difícil, no futuro, deixar de o ver. Como se tornaria complicado pensar diferente daquilo que o avô lhe ensinara.

O velho Alfredo percebia como o rapaz crescia esperto, cheio de curiosidades e a fazer perguntas. Não foi estranho que perguntasse muito sobre a sua mãe. Como era e o que fazia. O velho Alfredo não conhecera a anã. Explicou ao Camilo que soubera de um bebé nascido sem ninguém e que fora buscá-lo como se lhe pertencesse, caído do céu. Uma conversa em café de estrada, num passeio, daquelas que se ouvem como coisa nenhuma, como se apenas o vento silvasse lá fora. Alguém dizia: que frio passa. Lembrava-se disso. De estar muito frio quando o rapaz nasceu, e de falarem as pessoas mais sobre o tempo do que sobre o filho de quinze pais que ninguém fora ver. Havia lobos por toda a parte. O Camilo frustrava-se um pouco pela falta de pormenores nas histórias do avô, mas fantasiava a partir do tom da sua voz e a partir do carregado do seu semblante, como se o vigiasse de perto, à espera que lhe desse uma pista maior para um segredo maior que haveria de ser o seu passado. O modo como lhe respondia o velho homem estava carregado de intenções e o que mais lhe importava dizer era um certo esplendor dos sentimentos. O Camilo, só por isso, sentia que tudo valera a pena e sentia que, dentro de alguma tristeza, era feliz.

Para entreter curiosidades, o velho Alfredo oferecia livros ao menino e convencia-o de que ler seria fundamental para a saúde. Ensinava-lhe que era uma pena a falta de leitura não se converter numa doença, algo como um mal que pusesse os preguiçosos a morrer. Imaginava que um não leitor ia ao médico e o médico o observava e dizia: você tem o colesterol a matá-lo, se continuar assim não se salva. E o médico perguntava: tem abusado dos fritos, dos ovos, você tem lido o suficiente. O paciente respondia: não, senhor doutor, há quase um ano que não leio um livro, não gosto muito e dá-me preguiça. Então, o médico acrescentava: ah, fique pois sabendo que você ou lê urgentemente um bom romance, ou então vemo--nos no seu funeral dentro de poucas semanas. O caixão fechava-se como um livro. O Camilo ria-se. Perguntava o que era o colesterol, e o velho Alfredo dizia-lhe ser uma coisa de adulto que o esperaria se não lesse livros e ficasse burro. Por causa disso, quando lia, o pequeno Camilo sentia-se a tomar conta do corpo, como a limpar-se de coisas abstractas que o poderiam abater muito concretamente. Quando percebeu o jogo, o Camilo disse ao avô que havia de se notar na casa, a quem não lesse livros caía-lhe o tecto em cima de podre. O velho Alfredo riu-se muito e respondeu: um bom livro, tem de ser um bom livro. Um bom livro em favor de um corpo sem problemas de colesterol e de uma casa com o tecto seguro. Parecia uma ideia com muita justiça. A urgência de fazer do Camilo um rapaz esperto era demasiada. Velho e sempre mais velho, o Alfredo partia um pouco a cada dia. Esperando por tarefa, não por natureza. Esperava como podia. Executava um plano. Pensava secretamente que os filhos podiam ser só uma vingança contra o peremptório da morte. Como uma revolta contra o apagamento absoluto. Como se fosse de acreditar que através das crianças que se criavam se podia perdurar ainda. Mas as vinganças contra a morte, como contra o tempo, pareciam todas utopias ingénuas. O velho Alfredo contaminava o menino de memórias sobre a Carminda e sobre si. Achava que o menino era a herança. O menino era o que ficava ao mundo como continuidade de algo que não se pudera fazer antes nem de outra maneira. Chegara a tempo, ainda que urgente e perigoso. Os ruídos da casa respondiam, o velho Alfredo dizia: a avó está contente, ela está contente. O Camilo respondia com a pergunta: e a minha mãe não fala. O velho Alfredo instruía o rapaz por um sentido muito egoísta do amor. Instruía o rapaz igual a um mensageiro que partiria depois, sozinho, à mercê da sorte, a espalhar notícia de que um dia, numa vila de praia, vivera um casal, Carminda e Alfredo, que se amou muito. O velho Alfredo, que talvez tenha sido apenas um tolo, queria que o rapaz tivesse a boca cheia dos seus nomes e os perpetuasse. Porque havia uma tristeza insuportável em permitir que um amor assim se apagasse sem testemunho. Como se fosse inútil.

Numa noite, em cima do silêncio, soou um silvo mais longo e persistente. Era um silvo cortando pelo espaço da casa quase como um caminho a ser traçado, um fio desenrolado até ao ouvido do pequeno rapaz. Já moço. Ficou atento, invariavelmente à espera de que se tornasse uma manifestação mais inteligível à sua vontade de se comunicar com a presença aceite da Carminda. Não se dizia nada no silvo, senão o monocórdico sopro, a nota quase afinada de flauta que não cessava. O Camilo levantou-se como tomando o fio na mão e seguiu no escuro o pequeno labirinto da casa. O silvo entrava pelo entreaberto da janela que o velho Alfredo teria deixado assim para respirar. Encostado à parede, como sentado a ver o escuro, já não diria mais nada. Não parecia aflito, não tombara. Segurava-se dignamente sentado, como se tivesse deixado a alma a puxar ainda os cordéis do corpo feito marioneta. Talvez a janela estivesse aberta porque a alma solta já não lhe coubesse numa casa tão pequena. Talvez não lhe coubesse o amor, agora que fora do corpo se estendia pela infinitude dos sentimentos à procura da mulher. O Camilo, escutando sempre o silvo, noite inteira, acreditou que a sua intensidade era a junção da voz do velho Alfredo à da Carminda. Julgou que lhe diziam que estavam por ali. O rapaz, que ficara de boca cheia com os seus nomes e os dizia para si mesmo, jurando a memória, deixou mesmamente a janela entreaberta. Pensou que, por uma noite, estariam bem assim as coisas, assim como o avô as preparara. Aconchegou-se com duas mantas no velho sofá e não dormiu. Partilhou como pôde o momento da morte com o avô, o seu único familiar, a única pessoa que efectivamente lhe pertencera até então. No escuro, apenas com um impreciso luar criando sombras e definindo os contornos dos objectos maiores, o Camilo percebeu que a casa cedia. Talvez o avô não tivesse lido um bom romance nos últimos anos, talvez tivesse errado nos livros, talvez não tivesse lido nada, preocupado que estava com cuidar do neto e motivá-lo. O Camilo estendeu a mão à pequena mesa ao pé do sofá e agarrou no livro que ali estava. No escuro seria impossível reconhecer as palavras. Lembrou-se, no entanto, de o haver pousado ali. Lembrou-se do título, do autor, lembrou-se do que lhe dissera o avô: este cura-te um cancro. Gostaria de acreditar que pudesse curar a morte. O livro, mesmo no escuro e mesmo assim fechado, fez-lhe companhia.

Quando levaram o corpo do avô, olharam desconfiados para o rapaz. Era certo que não devia ficar ali sozinho, alguma coisa tinha de ser feita mas, com catorze anos e de olhar profundo, o Camilo tinha cara de quem se sabia cuidar. Faltavam menos de quatro anos para ser maior e a vizinhança reconhecia que era miúdo com juízo, sempre a caminho da escola e em redor do avô. Assim fiadas, cada pessoa se pôs à espera de que outra decidisse e, com isso, ninguém decidiu nada. O velho Alfredo foi para onde estava a Carminda, e o Camilo fechou a janela entreaberta, levou os cobertores para o quarto, viu como era verdade que o tecto apodrecia, e calou-se. Calaram-se todos.

Leu o livro. Leu obstinadamente o livro como se esperasse ver sair do livro o corpo inteiro do seu avô. Além de esperar, nada aconteceu.

Por todos pensarem que alguém pensara no assunto, o pequeno Camilo ficou vinte dias quieto, encostado pelo chão, no silêncio da casa à espera de silvos e madeiras rangendo. Parecia-lhe, no entanto, que o avô e a avó, por se juntarem ao fim de tantos anos, se distraíam e nenhum ruído se adensava ou ganhava dignidade alguma. Apenas se ouviam ruídos estúpidos de uma casa velha como os das outras casas velhas com ruídos igualmente estúpidos. Uma casa que parecia vazia mesmo com ele lá dentro. Uma casa, enfim, estúpida.

O Camilo pensou na escola, pensou no futuro e no que sabia sobre a saúde. Pensou que talvez o seu avô fosse só um tolo e por ser tolo talvez o tivesse enganado. Estava sozinho, encarava os restantes livros já sem os ler e tinha quase comida nenhuma. Enquanto o avô não lhe falasse inequivocamente, o Camilo não faria mais nada. O avô não falou. O Camilo nada fez. Por instantes, queria odiar o avô como a vingar-se de não saber o que fazer. Depois, recuava nos pensamentos. Sentia-se uma má pessoa e não o suportaria. Fora ensinado acerca da importância de se sentir grato. Pedia perdão com a voz interior e esperava mais ainda.

Subitamente, uma vizinha irrompeu pela casa adentro dizendo que sabia que haviam abandonado ali o rapaz. E ela era quem sabia, aos gritos de arreliada, que nunca o vira ser levado por ninguém. Estava indignada porque tinha filhos e pensava que se não fossem mandados ficavam de mandriões sem mexer um dedo. O Camilo, já magro e confuso, estava de mandrião, como seria de esperar. Dizia ela: há que trabalhar, que nessa idade já muito boa gente levanta a vida. Empurrou o rapaz, pô-lo a banho e disse-lhe: vais a minha casa comer de jeito e começas a perguntar às pessoas se têm trabalho. O Camilo, magro de poucas conservas e migalhas de bolacha, achava que a casa ia cair. Recusava-se a ler depois que o último livro não lhe curara a morte do avô. Entristeceu de repente, percebendo que morreria também sem mais nada, como outra pessoa qualquer. A vizinha pôs-lhe o prato diante e exclamou: parece impossível deixarem uma criança destas ali abandonada.

O Camilo era como outra pessoa qualquer.

O sol estava alto e era como um patrão.

Foi pelas ruas sem perguntar nada a ninguém. Via as caras de toda a gente, o modo desconfiado como reagiam ao negrume do seu rosto. Não lhe era possível sequer o entusiasmo para uma sedução essencial. O Camilo passava, via e era visto, voltava. Trancava-se em casa a pensar que o esforço fora já bastante. O tecto caía. A infelicidade tornava-se insuportável. Apetecia-lhe odiar tudo, porque o medo fazia ódio.

CAPÍTULO SEIS
OS FELIZES

O Crisóstomo percebeu que era uma mulher demasiado magra cujo rosto parecia agigantar os olhos claros e muito vivos. Sentou-se sem licenças por aquele ser o seu bocado de praia, e ela não se retraiu, não disse nada. O Crisóstomo parecia vir apenas buscar o que já lhe pertencia, como se a resposta da natureza aos seus pedidos fosse clara, tão óbvia e sem erro que a mulher ali aparecida nem teria possibilidade de se recusar a acompanhá-lo. O Crisóstomo e a Isaura ficaram a ver como se fazia uma manhã de sossego naquele lugar.

A Isaura afundava no calor e deixava-se assim afundada como imersa numa fantasia de onde não queria sair. Se lhe ralhassem por ser irresponsável, abandonando os bichos, as hortaliças e mais os orégãos, era o que diria, que o sol a sequestrara dentro da sua temperatura. Estava dentro da temperatura boa da luz. Era um pouco como morrer. Tão magra e desabituada a sossegar, a Isaura entrara como um átomo ínfimo na invisibilidade do ar. Translúcida. O Crisóstomo, então, falou. Disse: bom dia. Parecia já um disparate porque estavam ali por longos minutos, e cumprimentá-la agora era fora do tempo, como voltar ao início de algo que já começara. Ela não respondeu. Podia ser que o Crisóstomo fosse apenas mais um escorraçado qualquer, um coitado à procura de penedo ou tábua a que deitar mão para sair do mar, um outro homem maricas. Ela pensava que o Crisóstomo seria um novo problema na galeria só problemática dos homens. Os homens eram todos iguais, a diferença era coisa apenas das mulheres. Não respondeu. Talvez tenha sorrido sem efusão alguma. Tomou um pouco de areia na mão e desfez em grãos aquele bocado. Deixava-os cair sobre os pés, apreciando o modo como faziam cócegas pequenas na pele e entravam nas sandálias gastas. Esvaziava, uma e outra vez, a mão. O Crisóstomo não lhe poderia dizer saber sobre ela mais do que o razoável. Tinha vontade de lhe explicar que aquele era o seu lugar da praia e que, por loucura ou tremenda honestidade, falava sozinho com a natureza. Talvez ela também soubesse algo sobre a honestidade. Talvez ele lhe devesse dizer que estava tudo decidido, porque aquela manhã era uma pronúncia do destino. Achava, o Crisóstomo, que seriam felizes para sempre. Ele disse: acredito que vamos os dois ser felizes para sempre. Ela riu-se. A Isaura nem sabia rir.

Parecia só um animal incomodado por graça. Até a expressão de um sentimento benigno lhe aparecia no rosto como um certo gesto atrapalhado. Efectivamente como um incómodo.

Ele perguntou sobre que falava ela consigo mesma. Ela não quis responder. Envergonhava-se e achava que o pescador se punha muito impertinente, um escorraçado impertinente. O Crisóstomo queria ser suave no caminho, queria não parecer maluco. Ria-se também

como se estivesse a brincar com ela, por bem. Estava
por bem. Sentou-se, imitando-a, a encher de areia os
ténis. Ela levantou-se. Tinha os animais e as hortaliças.
Tinha a mãe. Estava à pressa. A alegria era sempre uma
pressa. E a alegria já era quase nada. Ele seguiu-a pelo
areal, fazendo-lhe perguntas indiscretas, queria saber-
-lhe o nome, de onde vinha, onde vivia, se podiam tomar
um café, conversar melhor. Ela pensava que os homens
do mar eram como os das obras, metediços e sem vergonha. Imaginava os barcos a passar ao pé das praias
com os pescadores deitados quase borda fora a asso-
biarem às moças. Os pescadores seriam iguais aos das
obras, com o vocabulário malcriado e o desejo infinito de
copular. Depois riu-se. Os barcos não podiam vir assim
tão rente às praias para que as moças os ouvissem. Sentia-se lisonjeada com o interesse do pescador, mas era
uma lisonja de recurso, como por desespero. A lisonja
das prostitutas. Das que se contentavam com o interesse perverso dos homens porque não conseguiam um
interesse limpo, amoroso, com decoro. A lisonja das infelizes. A Isaura pensava nisto e talvez colocasse a hipótese de ceder. Seria pouco errado ceder. Já há tanto
entornara a virgindade, aquela fortuna escondida entre
as pernas que vira sair transformada em sangue. Permitir que ele a visse outra vez, a beijasse, se assim quisesse, que encostasse o seu corpo ao dela à procura do
que sobrava de mulher entre tantos ossos e tanta pele,
seria talvez uma coisa mais do que certa, perfeita. Não
tinha muito por que se guardar e a desonra era estupidez a que já não dava caso. O Crisóstomo, que a acom-
panhou até ao fim da praia, pôs o pé na estrada e disse:
volto agora pelo passeio. E ela respondeu: chamo-me
Isaura. Ele disse: que nome tão bonito. Depois, sorriu

feliz e acrescentou: amanhã espero-te à mesma hora. A Isaura disse: à tarde. Tem de ser à tarde porque de manhã estão os bichos para cuidar. Ele disse: tens um nome lindo. Ela sorriu. Ele já o havia dito. Ela acelerou depois o passo e julgou que se portara como as mulheres livres, com direito a serem um pouco porcas, e gostou. Talvez voltasse fugazmente à juventude, podendo agora optar por ser uma rapariga da praça, uma rapariga alegre e muito mais apetecível para os rapazes. Gostou muito. O Crisóstomo seguiu mais lento, julgou que a felicidade para sempre começara naquele dia, e sentiu-se exultante.

Ser o que se pode é a felicidade.

Pensou nisto a Isaura. Não adianta sonhar com o que é feito apenas de fantasia e querer aspirar ao impossível. A felicidade é a aceitação do que se é e se pode ser. Sentou-se ao pé da mãe e percebeu como ela piorara. Estavam as duas tão longe do dia em que, tão trágica como comicamente, a Maria começara a falar semelhante aos franceses. A voz apodrecera-lhe na boca. Estava afundada goelas abaixo sem nunca mais voltar a ser ouvida. Morrera. A voz dela morrera. Longo tempo a Maria se fora sentindo divergir de quem era. Pensava a Isaura que a infelicidade da mãe estava simples de compreender, porque, desviada da sua identidade, não pôde seguir sendo quem era. A Maria permanecia arrumada na casa, já sem sair e sem sequer ir às janelas ver por raiva, curiosidade ou prazer como ia o dia. Já não se levantava de nada, por vezes não se vestia, comia quase apenas pelos pulmões e mostrava nos olhos que não sabia muito bem quem era, onde estava, com quem estava. Já não importava. A Isaura percebeu o processo subitamente acelerado assim que o pai morreu e que o homem maricas se deitou em fuga. Havia tão poucos dias desde que, ainda que calada e agreste, a Maria preparara a casa para o casamento. Mexera-se interessada numa felicidade qualquer, iludida com uma felicidade qualquer. Mas estava agora pior, mais distante, demasiado envelhecida e já nem má, só destruída, incapaz, sozinha para dentro de si mesma. Para dentro de si mesma a cair.

Descendo à vila, a Isaura acompanhava a mãe ao hospital onde esperariam por horas um atendimento que parecia melhorar infimamente o olhar da Maria. Era aquela senhora da maneira de falar à francesa, como todos se lembravam. Uma senhora esquisita, que berrava zangada com os médicos porque achava que eram burros e não lhe serviam de nada. Como estava ela agora enrolada em panos pretos. Está morta, comentavam as funcionárias umas com as outras. Está morta debaixo daqueles xailes sujos. A Isaura, ao pé da Maria, compunha a tragédia. Uma e outra eram só como reminiscências de alguém. Pouco mais do que a evocação de alguém, mas não alguém. Como se fossem um nome dito, mas não quem o tinha. A Isaura pensou que o Crisóstomo, escorraçado, porco, maricas ou pior, era um milagre e julgou que se não se apressasse para ir ao seu encontro lhe faltaria o ar até à morte.

Sentada à espera de médico, a Maria levava a mão ao bolso do avental e desfazia as florzinhas dos orégãos. Quando chegasse a casa, a Isaura despejaria o bolso e talvez assim deixasse a mãe pensar que cumpria um dever. Que mantinha um qualquer mérito. Era algo que fazia apenas naquelas saídas. Como a mostrar aos outros que ainda estava senhora de si, que trabalhava. Uma ilusão. Desfazia os orégãos, e o perfume divertia as pessoas que apoucavam a tristeza da sua condição e inventavam piadas.

A Isaura contou ao Crisóstomo que aceitava finalmente ser quem era, só para poder ser feliz. Ele pediu-lhe que entrasse. Disse-lhe que o filho estava na escola e havia apenas na sala o boneco do sorriso de botões vermelhos. O boneco sorria no sofá, habitando o espaço com uma alegria quase frenética, ou era a Isaura que se sentia descontrolada, já menos senhora de si mesma, a vulnerabilizar-se.

Vinha do hospital. Talvez pensasse que a vida era curta. Demasiado breve para tanto procurar. Melhor seria se aceitasse o que havia como bastante. A felicidade podia definir-se assim. O bastante. E a tua mãe, perguntou ele.

O Crisóstomo sentou-se ao lado do boneco e estendeu a mão para que ela se lhe juntasse também. Ficaram os três alinhados e com expressões de um encantamento tão terno quanto ridículo. Ela perguntou: o boneco tem nome. Ele respondeu: não. Ela disse: que sorte, assim não precisa de ser ninguém. Quem não é ninguém não lhe falta nada. Nem lhe falta o amor, nem espera por nada. O Crisóstomo riu-se e confessou que era uma espécie de filho feliz. O boneco era um filho feliz. Os felizes, disse a Isaura, gostava tanto de saber mais coisas sobre eles. O Crisóstomo pôs um chá na mesa pequena e andava naquilo com um cuidado irrepreensível porque queria ser, todo ele, uma solução para aquela mulher. Queria ser a resposta para cada receio, hesitação, dúvida e esperança. Talvez sentisse que o amor podia vir da compaixão. Compadecia-se e fazia como se nem visse que ela estava tão frágil, tão distante de parecer uma pessoa normal. O chá estava quente, trouxe bolachas, não sabia se devia trazer pão, um pão simples para ser servido com uma manteiga fresca. Tinha peixes para o jantar, mas era meio da tarde, não sabia o que se oferecia à mesa de uma mulher a meio da tarde. O chá um pouco arrefecido dava-lhe alguma segurança e ela, esticada também como uma dama, tomava chá a pensar que seria assim ou assim que se pegava na chávena, no pequeno prato com a outra mão, e comia bolachas, não muitas, comia bolachas a disfarçar a pouca vontade de comer, a disfarçar o corpo magro, para que outra coisa fosse assunto, para que outra pessoa fosse ela. Sabia que não se aceitava, sabia que não era feliz. E o Crisóstomo disse: vou falar-te dos felizes. Riram-se. Vistos assim, podiam ser eles. Ela riu-se outra vez, ainda que acreditasse pouco que chegassem verdadeiramente a um acordo acerca da felicidade. Era como disfarçarem tudo para chegarem a um amor. Para imitarem o amor. Ao menos, para conseguirem uma imitação do amor.

Ele confessou não saber fazer uma mesa para uma mulher. Era um absurdo que o dissesse à Isaura, uma mulher que descia vertiginosamente para o feio de ser gente. Uma mulher debaixo de todas as mesas. Abaixo de todas as mesas. Agarrada à chávena com a gratidão quase milagrada de ele lhe dar permissão de estar ali. E o Crisóstomo repetia: tens um nome tão bonito.

A casa aberta para o mar tinha por vistas apenas a areia e a água. Na janela da sala observaram o lugar onde se falaram pela primeira vez. A Isaura acreditava naquilo como algo de mulher sozinha. Inventava o resto. O resto era só medo. Ainda não sabia se medo de perder o pouco que recebia agora, ou medo de ser devorada de uma vez por todas e não poder ir mais longe. Por instinto, queria ainda sobreviver, nem que fosse apenas para morrer mais tarde.

A Maria não mais diria nem faria nada, e a ela, à Isaura, ficavam-lhe nas mãos as rédeas de todos os perigos. Estavam os bichos a morrer, tombados, com as formigas a entrarem-lhes pelas bocas. Mas era mais forte do que ela deixar que degenerassem os seus afazeres, ao menos um pouco, deixar que algum descuido lhe desse tempo para correr outros perigos e imaginar alguma sorte. Entulhava os animais mortos, deitava-lhes uma terra pouca em cima e o monte ia aumentando, mas não tanto assim que lhe aliviasse o trabalho. Por isso, dizia ao Crisóstomo que era bom o chá e a lengalenga dos felizes, mas tinha de recolher os animais, limpar os ovos e atar as hortaliças, ou passavam as carrinhas por ali e não encontravam nada para levar. Precisava de desfazer os orégãos secos.

Ia embora sempre atrasada. E sair da praia, atravessar a vila, subir o monte e passar os campos ainda era uma lonjura que lhe levava muito tempo. Atrasada e a sacudir-se de areias, a Isaura impedia-se de sorrir, mas, por devassa ou engano, a ideia de falar com um homem agradava-lhe muito.

Mas quando chegou a casa, outra vez teve de seguir com a Maria ao hospital. Agarradas uma à outra em agasalhos e cuidado, outra vez passaram os campos, desceram o monte e atravessaram a vila. A Maria vomitara, encovaram-se-lhe as faces, estava pálida. Parecia fria. Sem dizer palavra, não havia como saber se lhe faria melhor este ou aquele gesto da filha e ficava só a dúvida e a angústia crescendo. A Isaura atravessou-lhe mais um cachecol ao pescoço e saíram no vento fresco da noite para a vila. Passaram os campos, desceram o monte, entraram nas ruas e chegaram à urgência, onde a frequência das visitas parecia atenuar as pressas. Viam-nas como uma coisa de sempre. Mais aflição ou menos aflição, eram as de sempre, com o problema de sempre, como se o remédio houvesse de ser o mesmo de sempre ou já nenhum. Importavam menos, até quase não importarem nada. Era a senhora da maneira de falar em francês. Havia um sorriso subjacente ao reconhecimento daquela paciente. Uma certa diversão, já muito discreta e menos hilariante, ao jeito das piadas contadas muitas vezes. E depois vinha o cheiro dos orégãos. A Maria e a Isaura, juntas, esperavam nas urgências até que o médico lhes quisesse dizer que com mais descanso ou menos descanso era como podia ser a vida da Maria. Atravessariam depois as ruas, subiriam o monte e entrariam campo adentro até casa. O frio no vento do norte a garantir que o melhor ia ser quando se salvassem daquela noite, metidas sob lençóis e cobertores quentes, sem mais obrigação de sair. A Isaura assim deixava a Maria e despia-se. Quando tinha maior coragem, olhava-se no espelho acima da cómoda. Via-se até à cintura. Via o suficiente. Quando tinha coragem, percebia-se, assustava-se, pensava que o amor lhe saíra do corpo. Por vezes, mais forte do que o costume, forçava-se a comer pão seco antes de dormir. Chorava.

Os felizes, se eram os que aceitavam ser o que podiam, haviam de ao menos aceder à estabilidade, saber com o que contar, ter as contas feitas acerca dos afectos e das expectativas. A Isaura via-se naquela instabilidade e oscilava entre querer muito e não querer nada. Tinha entrado na igreja a dizer ao padre que o homem maricas desaparecera na noite de núpcias. O padre não ficara surpreso e não fizera grande comentário. Perguntou apenas onde estava, se ela sabia onde estava ele. Ela encolheu os ombros. Deixara-lhe o portão aberto, que, se não fosse o calor e estar espevitada com a ideia de se casar, ficavam noite inteira os bichos a escapar para irem ver o mundo. E se ele voltasse, quis o padre saber. Se voltar com alguma desculpa de que foi a algum lugar urgente sem poder fazer aviso disso. Ela encolheu os ombros outra vez.

O padre seguia com o assunto como um profissional. Talvez estivesse até um pouco aborrecido. Perdera tempo abençoando o que não tinha por que ser abençoado. Mais valia que tivesse logo recusado participar na farsa. Às vezes, pensava ele, por querer livrar-se dos fretes, mais aumentava a trabalheira. De outro modo, a Isaura pensava que era pena que ele não tivesse bons maridos guardados atrás do altar para substituições de última hora. Uns quantos maridos decentes, com boas intenções, que servissem para mulheres incautas que, por tantas razões, confiavam ainda nos homens que lhes punham anel no dedo. A Isaura tinha a pequena aliança na mão. Sentia o dever de devolver o objecto. O padre dizia que era um objecto do homem maricas, devia entregar-lho a ele. Mas a Isaura confessou que preferia que fosse para os pobres. Os pobres que casam hão-de precisar de um anel destes, disse, e pousou a aliança sobre o móvel velho da sacristia. O padre guardou-a para o lote das esmolas. Depois de derretida, a aliança de casamento da Isaura iria em dinheiro para o banco e para as fortunas poupadas da igreja, que nunca ninguém calcularia quanto valiam. Ela pensava apenas que deus deveria enviar homens decentes a quem tinha falta deles. Muito mais simples seria se a igreja servisse para destinar uns e outros ao casamento, suprimindo os problemas com os atributos físicos, suprimindo a timidez e a falta de jeito para as conversas. Deveria haver uma missa especial para se fazer a junção das pessoas. Saber dos solteiros, juntá-los de boa fé e ajudá-los com toda a naturalidade a emparelharem-se para sempre. Isso seria um serviço à humanidade. Seria como gostar da humanidade. Gostar do amor. Uma missa onde se rezassem as características de cada um e se avaliassem as boas e as más intenções de cada pretendente. Depois, pensadas as coisas entre a comunidade de boa fé, seriam tomadas decisões e qualquer homem serviria de um homem para uma mulher. Um padre que escolhesse maridos seria o mais útil de todos.

Anularam o casamento, ou não fosse a Isaura ser obrigada a ter por marido uma porcaria tão grande.

Depois, o boneco do sorriso de botões vermelhos parecia estar num contentamento mais sereno. Ou talvez fosse ela quem ali entrara de outro modo. O Camilo, o rapaz pequeno, pensava que agora aquela mulher tão magra ia ser a sua mãe. Sabia tão poucas coisas da sua mãe, e percebia tão mal as mulheres, que via na Isaura uma figura também espectral, não tão impossível quanto a verdadeiramente mãe ou a Carminda, mas também impossível, ou difícil. O Crisóstomo comprara um doce para pôr no pão torrado. Lembrara-se de fazer um lanche assim. Com o pão torrado, a manteiga e um doce de mirtilos que lhe disse o merceeiro ser uma coisa estrangeira muito boa. Não havia mirtilos senão noutras paragens bem longe. A Isaura bebeu o chá, respondeu perante o Camilo a um inquérito curioso sobre a sua vida, e sentiu que namorava. Talvez tenha sido o Camilo a fazê-la sentir isso. Uma pertença maior do que a deambulação em que se via perdida. A Isaura namorava o Crisóstomo, que a sentava ao lado do boneco do sorriso de botões vermelhos e a apresentara ao Camilo. Os dois fizeram dela a peça de um quebra-cabeças ali encaixada. Acomodada, o cotovelo pousado no braço do sofá, a chávena numa mão, o pequeno prato noutra, a janela em frente sempre mostrando o desembaraço de um azul imenso, ela sentiu-se encaixar. A forma sumida do seu corpo era a matriz inequívoca da falta que existia naquela casa. Encarou o Crisóstomo e desejou que os seus sentimentos estabilizassem naquela energia, naquela convicção de estar a acreditar na coisa certa. O Crisóstomo, sem que ela o dissesse, compreendeu tudo. Serviu de novo o chá, riram-se dos mirtilos, que afinal não sabiam melhor do que as compotas de abóbora, e torraram mais pão. A Isaura pensou que haveria de engordar. O Crisóstomo pensou que ela haveria de engordar. O Camilo pensou que ela haveria de engordar. Ela, subitamente à pressa, foi vila, monte e campo fora a tratar das suas coisas. Era sempre tempo de mais o que passava naqueles lanches. Com a caminhada, aquilo podia durar metade da tarde e nenhum bicho se entretinha com juízo durante a infinitude de metade de uma tarde. Reviu as comidas, as regas, as hortaliças para atar, os ovos, avançou com tudo abreviado e remediado como conseguiu e saiu com a Maria para o hospital.

A Maria já não era ninguém. Pudesse ao menos ter um fio de botões a sorrir nos lábios. Apanhada pela filha num esforço, arrastava os pés pelo caminho e só entorpecia mais e mais. A Isaura sentia que a mãe já era só uma memória com necessidade de atenções médicas, era uma recordação cruel e difícil, sustentada a muito custo por soros e auscultações. Seria até mais fácil lembrar-se da mãe mais tarde, sem corpo. A mãe, como recordação, vinha à cabeça da Isaura e ficava na cabeça da Isaura como se fosse obrigada a carregar uma cruz. Cumprir uma pena. Julgava que talvez preferisse esquecer-se dela. Como uma má pessoa se esquece das outras. Naquela noite, chegadas às urgências do hospital, a Isaura sentou a Maria no banco ao pé da porta e voltou para casa. No dia seguinte, depois dos bichos e das hortaliças, ela ia falar ao Crisóstomo e pensava nele como condensando assim a vida inteira. Não pensou no tempo que esperaria a Maria a desfazer orégãos até que alguém percebesse como estava sozinha, até que talvez lhe dessem uma cama para a noite, para os dias, por um tempo. Ao menos por um tempo, como numas férias adequadas a uma paciente tão profunda. O tamanho da vida da Isaura, naquele momento, cabia só no quebra-cabeças do Crisóstomo. A chávena na mão, o pequeno prato, o azul à solta na janela adiante. O pão torrado. O riso sobre os mirtilos.

Levantada cedo na manhã seguinte, a Isaura desceu aos bichos atarantados com fome e distribuiu pelos lugares as rações. Ao subir os olhos para o portão grande, percebeu subitamente que, após muitos meses, o homem maricas voltara. Duvidou se estaria casada ainda. Assustado, quase morto de medo, encostado ao portão como longamente a urinar, o homem maricas voltara. A Isaura viu como chegou a tremer, a passar no campo como se lhe desse o vento, a chorar. Chorava igual às crianças perdidas. E ela assim lho perguntou: estás perdido. E, sem mais nada, passou uma forquilha no ar afastando-o, matando-o se ele se atrevesse a dar um novo passo. Estás perdido, perguntou outra vez. O homem maricas, sempre chorando, respondeu: tenho medo, Isaura, tenho muito medo. Ela disse: se a minha mãe te vê aqui, racha-te ao meio, seu filho da puta. Mas a Maria nem sequer estava ali. A Isaura sentiu-se sozinha. O amor era um problema só seu, definitivamente. E os homens, afinal, pareciam diferentes.

CAPÍTULO SETE
DEVORAR OS FILHOS

Uma vizinha dizia à Matilde: se deus quis que o fizesse, também há-de querer que o desfaça, se assim tiver de ser. Mate-o. É um mando de deus. A Maltide, atormentada, nem respondia. A outra perguntava: e não lhe dá nojo, a lavar-lhe as roupas e as louças. Ainda apanha doenças com isso de mexer nas porcarias do corpo dele. A Matilde dizia que sim, que lhe dava nojo, mas também achava que ainda era só uma delicadeza, não era sexual. Talvez nunca viesse a ser sexual. Mate-o, como se faz aos escaravelhos que nos assustam. São um nojo quando se põem aí a voar na primavera.

A vizinha insistia: o seu rapaz é maricas para a vida inteira, que ele abana-se como os galhos e tem mais flor do que a amendoeira. Se fosse meu filho, pela vergonha, eu rachava-o a meio e metia-o no buraco dos cães com sarna. A Matilde, com o coração pequeno e a cabeça confusa a encher-se de ódio, achava que se o filho lhe morresse a vida estaria normal, porque ser mãe fora uma ilusão. Parecia uma menina nos sentimentos, pensava ela do filho. Parecia uma menina quando dizia algumas palavras, parecia que, distraindo-se, gesticulava demasiado. A Matilde não conseguia entender porque lhe aconteceria um horror assim. A vizinha, mais fácil a dizer as coisas, contava-lhe que pelas redondezas os poucos casos daqueles tinham sido tratados em modos. Uns racharam os filhos ao meio, outros mandaram-nos embora espancados e sem ordens para voltar, e um homem até subiu pelo cu acima do filho uma vara grossa e pô-lo ao dependuro para todos verem. Era uma bandeira. E quem via tinha-lhe tanto horror quanto desprezo. Depois ainda o queimaram, e calaram-se todos para disfarçar e não dar contas à polícia. Os polícias nem queriam saber. Se um maricas desaparecesse, eles faziam umas perguntas tolas e iam-se embora sem resistência. Era tão habitual que o povo tivesse juízo para essas decisões antigas, não importava que a lei quisesse outra coisa, porque todas as pessoas sabiam o que estava certo desde há muitos mil anos.

A Matilde, talvez por criar viúva o seu único filho, enojava-se do mesmo jeito mas agia diferente. Não teria coragem para desfazer um filho, o único filho, que tanto trabalho e sonho lhe dera. Se, pelo menos, o pudesse mandar embora, mesmo que não tivesse mais familiares, nem muito para onde ir. Ficariam sozinhos um do outro. A Matilde queria acreditar que, mandado embora, o filho poderia resolver o problema, como se longe dali ele não florisse, não gesticulasse, não subisse um tom nas sílabas mais bonitas das palavras quando falava a rir, talvez longe dali não fosse maricas. Talvez porque ela também tivesse culpa. Era culpada duas vezes, uma de o ter feito assim, outra de não encontrar solução e competir-lhe tanto encontrar solução. Respondia à vizinha que o Antonino era só um miúdo, e nem gostaria de rapazes porque ainda sequer tinha idade para gostar de raparigas. Era só um crianço mais enfezado nos modos e com poucas conversas.

Como não tinha pai, não tinha valentia.

Pensava assim a Matilde. Um rapaz sem pai cresce talvez mais assustado, porque uma mulher vale menos nos sustos todos da vida.

O susto de um homem importa mais que mil sustos de uma mulher.

A vizinha não reconfortava a Matilde em nada. Tinha uma sachola, se fosse com ela, arrancava a cabeça ao miúdo, metia-o num buraco grande no fundo do campo e depois de dois dias ia fazer de conta que alguém o levara para o Brasil. Dizia: andam aí a chegar brasileiros por todo o lado, devem fartar-se de roubar gente para trabalhar de graça como escravos. Se estiverem escravizados, também não pensam em mais nada. E se fizerem asneira, levam no lombo. Se forem uns porcos, abatem-nos e não os choram. A Matilde suspirava, lavava as roupas e as louças do Antonino e, de cada vez que uma faca lhe passava pelas mãos, pensava em mandá-lo embora antes que fosse tarde de mais. Um rapaz sem pai não tinha valentia. Que valesse ao menos para não envergonhar ninguém. Era uma coisa tão pouca de se fazer. Tão pouco de se esperar e pedir. Guardava as facas a tremer. Em cada faca nascia uma boca e todas as bocas diziam que o matasse. A Matilde, sozinha por casa, ouvia sempre o mesmo.

Contudo, como no ditado popular, quem não tem filhos cada dia mata cem, pensava a Matilde. Ter o filho feito, ainda que em grande nojo ali levantado, era muito outra coisa. Não era uma retórica. Dizer era muito fácil. Fazer ficava reservado para heróis e gente com grandes sortes.

A vizinha tinha-lhe tanta pena quanto desprezo. Era para ali uma mulher a envelhecer de pouca vergonha, sem tomar uma atitude. E a Matilde dizia: ainda vou às louças, dona Lina, que eu não tenho como parar. Entrava e pensava que o Antonino, a crescer, era como uma borboleta, a vir de larva para colorido, sem ter como disfarçar-se, desgraçando tudo. Um bichinho das flores.

Punha-o a escavar e a levar os pesos maiores. Deitava já corpo de homem, era obrigatório que se fizesse homem tanto quanto pudesse, a ver se lhe caíam ou tolhiam as asas, o pintalgado e os perfumes. A Matilde esperava que ele mudasse tanto quanto fosse possível. E podia também carregar com as coisas do campo a mando dela, que era o mando de deus de que se sentia capaz. Como havia ela de pôr-se no lugar de deus e decidir como ele, se era uma mulher simples da lavoura, só com terras e ervas e mais uns bichos lorpas à volta. Estava sempre angustiada e geria arduamente a sua lavra, era como era. Pensava que talvez o trabalho pesado se lhe metesse pelo corpo adentro e o tornasse viril. Eram mais viris os trabalhadores robustos, e ele perderia talvez o amaricado se bulhasse na terra com a força já de grande fúria. Havia que enfurecer-se. Fazer-se de bravo. Ao menos perderia as razões que tivesse para se rir. Não se riria com o agudo esquisito da voz como saindo do lugar.

Quando o rapaz chegou aos dezassete anos, vieram dizer à Matilde que o tinham espancado perto do riacho. Ela que fosse vê-lo depressa porque o miúdo estava caído no chão a gemer de dores. E o que foi, perguntava ela. Responderam-lhe: estava de calças arreadas a ver os homens que tomavam banho. O seu filho, dona Matilde, é aleijado por trás.

Quando a Matilde chegou a ele, algumas pessoas cercavam-no como a um bicho que se vê agonizar até à morte. Ela percebeu que o cercavam curiosas, a ver se de um rapaz assim exalava uma alma ou uma sombra negra que o bafo do diabo sorvesse. Abutres, pensou ela, por estarem à espera que um cachopo de nada morra. Ela ainda queria convencer-se de que ele seria um cachopo de nada e que aquilo, se ele só pensava em asneiras, era porque lhe faltava crescer para homem. Enxotou-os abrindo caminho até ao Antonino e tomou-o sozinha nos braços. Não falou nem gritou com ninguém. Levava o corpo do filho como quem limpava por obrigação o vomitado do chão. Limpou o chão ao levar consigo o rapaz, tomando as culpas, uma vez mais, por aquela vergonha. Por vergonha, ou réstia de respeito, ninguém barafustou. Os homens que se banhavam estavam calados, tinham corpo para o dobro do Antonino e acalmaram quando se sentiram matar alguém.

O Antonino deitou-se à cama, porque a Matilde não teve coragem de o levar ao hospital, e comeu sopa e cuspiu sangue. A mãe, em protesto, fechou-lhe o quarto como a um cão e fê-lo sentir o asco que a acometia entregando-lhe as refeições à distância, não dizendo mais nada. Pousava a bandeja com o prato e a água na camilha e saía. Não olhava para ele. Escusava-se a olhar. Tinha-lhe deixado pomadas e comprimidos. Quando era preciso algo mais, ele batia à porta e ela permitia que fosse à casa de banho. Acontecia ter de esperar, enquanto ela tratava dos campos e dos animais. Depois, ela recolhia as toalhas com luvas e imergia-as em água e lixívia por horas. Ia metê-las ao tanque com muito sabão para se esquecerem de ter encostado na pele do Antonino. De todo o modo, ela nunca as usaria. Seriam dele, para ele, enquanto sobrevivesse.

Numa noite, ele tombou nas higienes. Ela ouviu como bateu com o joelho na tijoleira e abafou um grito. Pôs-se atrás da porta para saber se pediria ajuda. Como não o fez, a Matilde voltou ao seu lugar. Nas higienes, ela pensava que o Antonino se adoçava como as raparigas. Devia usar-se da esponja para ensaboar a pele à espera de ver a pele tornar-se delicada, rosada, como a das actrizes de cinema. Era porco. Ele recolheu-se ao quarto e ela voltou uns segundos mais tarde, trancou-lhe a porta e deitou-se. De porta trancada, achava ela, o Antonino encolhia-se ao seu juízo. Era como fustigá-lo na autoestima, para que aprendesse os escrúpulos das boas pessoas. Como se lhe aprisionasse o desejo no tamanho de um quarto. Até que diminuísse ao tamanho da cama. Até que diminuísse ao tamanho do peito. Até que diminuísse ao tamanho da vergonha. Até que desaparecesse. Nenhum desejo mais. Mais nada.

Nenhuma borboleta.

Procurando-se, o Antonino sentara-se na cama a meio da noite a transpirar. Era-lhe incompreensível o que acabara de fazer. Estava estupefacto com o seu gesto, assustado, os olhos abertos numa vergonha sozinha, íntima, uma vergonha de si mesmo. Metera o dedo. Como se o dedo fosse algo que não podia ser, autonomizando-se, servindo de amor. Um dedo a fazer do amor de outrem. A servir de amor. Cauteloso, carinhoso, lascivo. Pensou que estava louco e zangou-se consigo mesmo repugnado e recusando aceitar ser assim, repetir tal vergonha. Uma bágoa rosto abaixo laminou-lhe a pele a ferver. A febre parou-lhe o pensamento. A vergonha parou-lhe o pensamento. O que sabia do amor parou-lhe o pensamento.

Não sabia nada sobre o amor.

Além de ter medo de ficar sozinho, não sabia rigorosamente nada sobre o amor.

Lembrava-se do corpo dos homens e achava que talvez fosse necessário que o seu próprio corpo reagisse honestamente a tal memória. Pensara, por um instante, que havia algo dentro de si que o esperava, como alguém dentro de si que o esperava. Estava, achou, errado. Não queria ter nada adiado. Queria ser o que podia, aquilo que lhe era permitido. O resto que estivesse dentro de si precisava de morrer. Pensou nos homens e convenceu-se de que eram animais perigosos que nunca poderia, ou deveria, amar.

No dia seguinte, lavando-se, recusou o amor como quem escolhia a sanidade. Haveria de, renunciando à sua própria natureza, ser um herói de si mesmo, um herói da sua mãe. Preferia ser sempre um herói infeliz.

Disse à Matilde que nunca mais lhe daria um desgosto. Ela tomou uma faca, viu-a abrir a boca, ouviu-a dizer que o matasse e aproximou-se do rapaz, que chorou. A Matilde pousou a faca no pescoço do filho. O frio da lâmina parecia medir-lhe a febre que voltava.

Quando, em passagem, viu os homens a banharem-se, o Antonino estremeceu de um frenesi inaudito. Não procuraria testar-se nunca e sabia que o seu corpo lhe propunha as maiores porcarias, por isso, voluntariamente, nunca se acossaria procurando confusões. Foi o acaso que o fez passar por ali onde os trabalhadores decidiram fazer gazeta e mergulhar no riacho a berrarem uns com os outros, nus. Julgou ficar apenas quieto, mais até para não ser visto por ali do que para desfrutar de algum proveito. Queria não ser apanhado, porque o acaso seria mal interpretado e a prudência recomendava o esconderijo. Depois, na distracção, a certa confiança de estar bem agachado entre os arbustos permitiu-lhe ver como os corpos dos trabalhadores eram moldados à força de muita virilidade. Eram homens como árvores maciças a abrir as águas em jogos brutos, espaventando tudo com os braços e mergulhando vezes sem conta de rabo para o ar. Ficavam depois boiando como impossivelmente leves, ágeis, inertes de só beleza na superfície da água. O Antonino pôde ver como os homens eram belos na sua rudeza, como pareciam fortes para tudo, com braços largos para abraços esmagadores. E o amor parecia ser tão esmagador e criado pela robustez.

Ao fim de alguns minutos, o Antonino já não tolerava a reacção do seu corpo. Precisava de sair dali. Ir-se embora, fechar os olhos, tirar dos olhos aquela solicitação. Não foi verdade que tivesse baixado as calças. Não estava a tocar-se. Quando um dos homens o apanhou, ele estava apenas agachado a dar uns passos para longe, a ver como sair dali do mesmo discreto modo como chegara. Mas parecia um bandido a roubar sorrateiramente quando deu uns passos em jeito de saída. Que diabo haveria de ter roubado, se levava os bolsos vazios. Parecia um bandido e, por azar, era o moço maricas, filho da Matilde, de que já muita gente começava a falar. O homem deitou-lhe a mão e esticou-o à sua frente. Entre as pernas do rapaz preponderava o seu pensamento. O homem apertou-o assim mesmo. A mão entre as pernas do rapaz como se fosse de espremer-lhe o pénis até o fazer rebentar. O Antonino gritou de dor. Quando os outros se aperceberam do rapaz maricas tombado de joelhos, vieram da água como estavam e não se cobriram. Expuseram-se como machos normais, com o direito absoluto, retirando ao rapaz qualquer desculpa ou dignidade. O primeiro homem jurou que ele estava de calças arreadas a tocar-se. Dizia: estava a comer-se de nós, a pensar em nós. Passou por todos a sensação estranha de o Antonino lhes tocar sexualmente. Num instante, todos sentiram na imaginação o que seria um cachopo daqueles sobre os seus corpos. Quando o primeiro o esbofeteou, já um segundo lhe levava o pé ao peito. Pela raiva, tanto lhe pediam explicações como o esganavam. E ele foi ficando pelo chão, reagindo menos, rastejando, julgando que à beleza dos homens correspondia a fúria, a bestial crueldade. Os homens, como lei da natureza, eram todos iguais e feios. Para serem diferentes e bonitas estavam as mulheres. O Antonino queria ter sido todo ao contrário do que era. Ao sentir as pancadas, acreditava morrer, e alma adentro decidiu que, se renascesse, queria gostar das mulheres para nunca mais ser o mesmo, nunca mais ser assim. Odiava-se.

Quem avisou a Matilde não o fez por piedade, fê-lo por curiosidade. Era para ver se ficaria mais ou menos aflita, como para saber se era mais ou menos culpada de o filho ser um nojo daqueles. Disseram-lhe à queima-roupa que o fosse buscar porque o haviam deitado ao chão depois de o apanharem a ver os homens. A Matilde sentiu o filho morto. Angustiada e a enlutar-se, pôs-se a caminho. Quem a via não sabia muito bem o que pensar. Alguns quiseram desejar que o rapaz morresse deveras para que se acabasse com aquele problema ali pela beira. Seria uma vontade de deus. Outros achavam que esses rapazes eram feitos para muita zaragata e que o Antonino haveria de sobreviver, porque a coberto do diabo ninguém morria de fácil. A passo largo, a Maltide ia revolta por dentro, como água do mar infectada, ondulando descontrolada dos pés à cabeça.

A Matilde, depois, pousou no vazio da mesa a faca grande, que seguia sempre gritando para que o matasse. Não fez mais nada. De faca na mão, levantada ao pescoço do filho, havia sido apenas um modo de escutar a promessa que ele lhe fizera, essa promessa de nunca mais lhe dar um desgosto. A Matilde já não acreditou. Estava como morta e disposta a matar. Era só isso. Uma mulher morta disposta a matar também. Estava para lá da desilusão. Era cada vez menos a mãe dele. Sentia-se condenada e não abençoada. A maternidade abençoava. Aquilo não. O rapaz limpou-se às mangas, tentou talvez abraçá-la, mas ela fugiu-lhe, e ele pensou que estava obrigado a conquistar tudo de novo. Tudo o que seria seu por natureza, e que a natureza se esforçara por lhe levar, ele teria de reconquistar. Era como encontrar modo de regressar a uma mãe. Voltar ao interior que tudo imagina e renascer perdoado, um filho perfeito. Os filhos perdoados são outra vez perfeitos. Ficou com essa esperança.

CAPÍTULO OITO

ESBAGOADOS

Muito mais tarde, já anos mais tarde e muita mais solidão em redor, o Antonino disse: são bágoas, mãe, são bágoas. E ela perguntou: que fazes tu esbagoado, olha que um homem não chora. Ele disse: então talvez seja ainda apenas um rapaz. A Matilde acrescentou: depois de tanta carga de trabalho, depois de tanta manhã e noite, ninguém fica rapaz. Já estás com corpo todo para casar. Estás atrasado. Tens de casar, Antonino, há tantas moças. Escolher uma moça, fazer-lhe filhos e mais nada. A vida depois é isso, dizia ela. Está quase, filho, está quase. Era como se o tempo dos erros estivesse a acabar por definição. Via-se crescido de todo e, crescido, poderia ser como outro homem qualquer. O Antonino, sentando-se com alguma coragem, perguntou: e que faço a estas bágoas, mãe, o que faço. Ela respondeu: que sejam por coisa nenhuma até sentires coisa nenhuma. E todas as bágoas secam. Até que o corpo seque, se for preciso. Não lhe tocou. Ele talvez ainda admitisse querer o toque dela, uma aproximação piedosa, mas ela não lhe tocaria assim. Levantou-se, e ele limpou-se e levantou-se também. Ficou silente. Estava numa funda tortura. Depois vestiu um casaco e foi lá para fora. Ela seguiu-o um pouco e gritou: está frio, é de noite. Ele disse: eu sei. Eu já volto sossegado. Eu já volto sossegado.

Mas o sossego de um homem maricas durava muito pouco, porque a cabeça conduzia para um lado e o corpo para outro, estraçalhando, no meio, o coração. Um homem maricas não podia deixar de o ser e, para infelicidade de quantos o tivessem por perto, era inevitável que recolhesse dos corpos dos homens os sonhos, as fantasias com as quais, na verdade, a felicidade se cobria. A felicidade, pensava o Antonino, passava por muita fantasia. Ele nem se rachava ao meio nem era mandado embora. Ganhava tempo e, sem gostarem disso, as pessoas iam habituando o repúdio à sua companhia, e ele andava por ali, a fazer o de sempre, sem levantar o bico, sem conversas, só a passar nos seus afazeres como quem estava consciente de que não podia dar-se a abusos de confiança alguma. Tinha deixado de rir. Os homens da terra tê-lo-iam morto sem remorso. O Antonino sabia disso, que a vizinhança o teria morto com alguma convicção de estar a fazer o que era certo. Com essa certeza, o Antonino abafava como pedra os sentimentos mais delicados, mascarando o desejo, coleccionando numa mudez absoluta os braços do senhor do autocarro, os lábios e os dentes brancos do filho da senhora da farmácia, o rabo generoso do padre, bem visto quando tirava os vestidos e punha calças de ganga, os olhos de um adolescente com quem o proibiram de falar, a voz do locutor da rádio no programa de discos pedidos da tarde. Com o tempo, o Antonino aprendeu a tocar-se recolhido, compondo na cabeça um abraço ao senhor do autocarro com um beijo no rapaz da farmácia, a mão no rabo do padre e uma declaração de amor murmurada pela voz do homem da rádio diante do azul intenso dos olhos do adolescente. Pensava que poderia estar apaixonado por um desses homens. Depois, pensava que destituíra o coração de sentimentos. Sentia que se dominava. Sentia que se amava sozinho, ainda que amar-se fosse quase só odiar-se também. Chorava frequentemente, mesmo depois de se tocar e o prazer lhe oferecer alguma glória à experiência do desejo.

Os outros iam pensando que ele estava como inoculado. Sem efeito. Levara já tantas coças de morte que não haveria de pensar em porcarias nunca mais. Ainda que se abanasse como os troncos e deitasse mais flor do que a amendoeira, o importante era que não sentissem os homens o peso do seu olhar e menos ainda o indicador do seu desejo despontado nas calças. Teria sido mais fácil se o tivessem castrado. Havia um anedotário infinito para que, sem deixar de ser terrível, o convívio entre as pessoas e o monstro fosse possível. Falavam dele efectivamente como de um ser aberrante com algum mistério e muito terror. Era como acreditar no lobisomem, nos vampiros ou num morto-vivo. Contavam piadas como se do cu de um maricas nascessem feras metidas tripas adentro a fazer ninho. Riam-se como se por ali, como por bocas dentadas, o cu dos maricas triturasse as cadeiras onde se sentava. Diziam que comia esterco porque o mau gosto o fazia apreciar espeluncas e fossas. O Antonino, no anedotário ridículo da vizinhança, era fecal, putrefacto, morto. Quando se riam à boca cheia, com cervejas na mão e as panças inchadas de botões a rebentar, vingavam-se e era como se prometessem ser impiedosos da próxima vez que o rapaz cometesse um erro. Garantir que o rachavam a meio era quase como apostar entre si quem o faria e tomaria a glória de eliminar tal monstro. Riam-se. Diziam que o Antonino não se podia sentar porque lhe doía o cu. Também faziam a versão cor-de-rosa, na qual os homens maricas, por serem delicados, se adoçavam durante horas e enfeitavam com as penas dos pavões e depois respiravam só o perfume das flores para soltarem gases bem cheirosos. Diziam que lhes nascia veludo nas nádegas e tinham uma tabuleta a dizer pode entrar, como se fossem tão abertos que dentro do cu fizessem um salão de baile.

Aos vinte e oito anos, um homem ofereceu-lhe boleia, ao encontrá-lo a pé pela berma de uma estrada entre campos. Abriu a janela do carro e meteu conversa. O Antonino não entendeu que generosidade seria aquela, se todos os dias por ali passava e não era sequer coisa de muitos quilómetros. O homem insistiu e o Antonino acedeu, notando-lhe as pernas largas e de imediato fixando um ponto distante. Olhava lá para fora para não ver demasiado o corpo do homem ao seu lado, para não se sentir demasiado perto. Depois, o outro perguntou: tens pressa. Ele disse que sim, que era um modo de dizer que tinha medo, que se sentia a tremer e que queria muito ser tudo quanto não podia ser. Pensou na Matilde. O Antonino percebeu que seria feliz quem se tornasse no que não podia. Ser o que não se pode, pensou. O homem quis que o Antonino ficasse um pouco com ele. O Antonino disse que sim. Pensou na Matilde.

Pela demora, a Matilde, sempre igualmente enojada, perguntou-lhe: de onde vens tu. Talvez fosse que a máscara caíra no sexo, caíra na estrada, talvez fosse que o rosto do rapaz escrevesse. Talvez fosse que ele tivesse pensado demasiado na Matilde, quando o melhor teria sido esconder de si mesmo a existência e o juízo da mãe, para depois melhor esconder o frenesi do desejo. Como se o seu desejo não fosse assunto para ela. Não era e não podia ser um assunto para ela. A mãe nunca o confrontara assim, a cheirar-lhe o pescoço. O Antonino pensou que talvez um beijo cicatrizasse na pele e pudesse ser visto por todos.

Lembrou-se da faca e pensou em como se assemelhava o rosto da mãe a uma lâmina prestes a cortá-lo. Lembrou-se de lhe haver prometido, tantos anos antes, nunca mais a desiludir. Pensou que se a mãe o insultasse, como fora por vezes insultado pelo povo, a sua carne se dividiria morta no chão, feita em duas, em três, aberta como pelo melhor golpe, o mais certeiro.

Era verdade que toda a sua pele se dividia em centenas de lábios. Centenas de lábios como que ardiam, ali deixados uma e outra vez pelo desconhecido que encontrara. Respondeu: venho de buscar o dinheiro do homem do centeio. Estendeu a mão à mãe, mostrando as notas amarrotadas que trazia no bolso do casaco. A Matilde desviou-se. Era certo que todo o dinheiro vinha sujo de tantas mãos e bolsos por onde passava, mas aquele parecia-lhe pior, feito como que das sobras dos homens. Como uma porcaria sedimentada a cheirar a homens. Ao mais impensável dos homens. Ela nunca tocaria numa porcaria assim. Desviando-se do filho, foi rua fora à procura de se conter. E a Matilde, ao invés de se calar, foi como louca a gritar. Gritava: socorro. Era como se devorasse o próprio filho. Com qualquer palavra haveria de devorá-lo. Matava-o de vergonha. Retirava-lhe a dignidade. Queria tanto, mas não conseguia amá-lo mais do que o odiava e se odiava também.

As pessoas acorriam-lhe sem entender o que era tão grande aflição. Ela dizia apenas que precisava de ajuda para o seu Antonino. Ouvindo isso, todos abriam caminho para a deixarem caminhar sozinha.

Era porque claramente o filho havia descoberto que não poderia deixar de ser quem era, embora, uma e outra vez, houvesse de o tentar.

O Antonino resolveu casar. Pensou que a Isaura, uma mulher mais velha e que parecia só um cabo de vassoura, poderia aceitar casar-se com ele. Não lhe faltavam pernas e braços, e a ela faria decerto muita vantagem ter companhia. Bastaria que se casassem para exibir por direito a honra que todos lhe negavam. Que importava o abano e o florido, se fosse de papel e missa casado com uma mulher, cumprindo a masculinidade mais exigida pela sociedade. Talvez pudessem beijar-se, fazer um filho, se ela fosse ainda saudável para ter filhos, mas não seria importante. Ninguém sabia dos beijos e das intimidades dos casais da vila. Muita gente estaria só escondida nos papéis e na missa, porque para lá disso podiam ser muito outra coisa ou até coisa nenhuma. Antes que a mãe voltasse, o Antonino arrependeu-se pela experiência daquele dia e outra vez quis ser o que não era. Decidiu assumir tudo quanto a mãe sempre quisera. Ia ser um homem. Quando a Matilde voltou dos choros e dos martírios com a vizinhança, o Antonino disse-lhe que ela se enganara. Disse-lhe que deitava os olhos a uma rapariga e que andava a pensar pedi-la. A Matilde sentou-se num banco e ficou na cozinha por horas assim quieta.

O Antonino achava que era maricas porque lhe faltara o pai ou talvez porque não fora à escola e não se habituara às raparigas como os rapazes comuns. Achava que em algum momento alguma coisa falhara na sua educação sentimental, certamente porque não houvera quem o levasse a ver como se fazia na distinção clara entre as coisas de menino e as coisas de menina. Se o pai não tivesse morrido, e ele ainda com seis anos mal feitos, o Antonino teria visto por perto as atitudes certas dos homens e desenvolveria uma atracção pela imitação do pai, cortejando as mulheres como era lendário que o falecido cortejara a Matilde. Por outro lado, pensava ele, se ao menos o tivessem posto na escola, teria entrado nas brincadeiras de espreitar por baixo das saias das raparigas e de tocar-se para bilhetinhos que poria nas lancheiras delas na expectativa de as enojar e provocar. As raparigas, percebia ele tarde de mais, gostavam do sujo dos homens e se ele tivesse aprendido tal coisa cedo, na idade certa, não lhes teria medo, não lhes teria o mesmo respeito a roçar a sacralização disparatada. As raparigas não eram a sua mãe. Não serviam para pôr nos santuários da sala, e não se partiam com facilidade.

Tinha por defeito achar que eram sensíveis de mais, frágeis. Talvez fosse apenas um medo o estar convencido de que não gostava delas e não as queria. Seria certamente um medo de as estragar por serem tão preciosas.

Quando pensou que a Isaura o aceitaria, considerou o aspecto morto do corpo dela. A secura de tudo. Já seco o corpo, como diria a sua mãe, até de bágoas. Era uma mulher para lá da dor, atirada ao tempo como uma porcaria perdurando. Não fora ser fendida como as mulheres o eram, não teria valor. Era por ali o caminho da sociedade. Pela ferida. Pouco importava que fosse saudável, bonita ou boa pessoa, pouco importava que pensasse mais do que pensaria um garnizé. Fendida entre as pernas, valia para um homem o que não valia nem uma casa, um campo inteiro ou uma manada das boas vacas. O Antonino decidiu que aceitaria esse padrão de valores. A riqueza, dali em diante, estava num amor assim, feito de um homem e de alguém com tal acidente entre as pernas, uma vez que a Isaura, morta de magra, dificilmente seria inteiramente uma mulher.

Assim foi. A Isaura não hesitou quase nada. Uma mulher desesperada era assim. Por tudo. Os homens, medidos com uma mulher, mesmo homens tão poucos, mandavam sempre.

A Matilde pôs-lhe um fato novo sobre a cama. Ajeitou o cabelo, também envergando um vestido lavado ao qual coseu uns punhos de veludo e mais uma gola rendada, e sorriu muito entristecida ao espelho. Talvez fosse o dia em que mandava embora o seu filho para sempre, mandava-o embora para nunca mais voltar. Partiria de casa, o seu único filho, com todo o amor que ficara por dar. Partiria como algo que nunca se consumara. Ia ao acaso. Porque casar assim com uma mulher era tentar o acaso. E a desgraça, pensava a Matilde, espreita de perto. Depois, mandou à Maria umas quantas trouxas de panos para valentias várias. Mandou-lhe tudo quanto houvesse de uso. Não quis ver mais nada, não foi ajudar, sentou-se na igreja à espera que fosse uma coisa rápida e poupada na vergonha. Queria que ninguém aparecesse. Ninguém foi convidado. Era uma coisa para ser despachada e expedita, para chegar só aos olhos de deus como o remédio possível. A Matilde pensava que assim se redimia o razoável. Seguiria sempre como culpada, mas repusera de algum modo a ordem, porque via agora o Antonino gerir a sua vida pelo decoro, coisa que trazia decoro à sua vida também e a fazia esperar um perdão de toda a gente. Aflita com as pressas, a Matilde fugiu igreja fora assim que terminou o acto e foi sumária na despedida. Deixava o filho nas mãos de outra. Deixava-o. E fugia de verdade.

À noite, quando ouviu baterem-lhe à porta, a Matilde percebeu o rosto do filho esfumado no fosco do vidro. Teve a certeza de que era culpada. Devia tê-lo rachado ao meio quando ele chegou aos dezasseis anos. Devia ter-lhe subido um pau pelo cu a pendurá-lo como uma bandeira e depois pegar-lhe fogo. A Matilde lamentou não ter tido coragem para ser como os outros pais com filhos assim. Abriu a porta, deixou-o entrar, e ele aninhou-se no canto da cozinha, chorando. Os homens, que não deviam chorar, não eram aquilo. Ela voltou a fechar a porta, rodou a chave e foi deitar-se. Julgou que talvez morresse naquela tristeza. O Antonino, aninhado ainda no canto frio da cozinha, julgou que talvez morresse naquela tristeza. Ao acordarem, vivos os dois na manhã seguinte, não se suportaram. Evitaram-se. O Antonino levou as mãos aos bolsos, deitou os olhos ao chão. Saiu. A Matilde aqueceu o chá, serviu apenas uma chávena, puxou apenas uma cadeira, cortou apenas um pão. Estava sozinha. O Antonino, de facto, não voltara. Ela sepultara-o de algum modo. A Matilde, à sua maneira, devorara o filho há muito.

Sentiu como se o pão lhe ensanguentasse as mãos. Comia a dor como uma coisa estrebuchando, viva, como um animal que era preciso desfazer para as profundezas do espírito. Um monstro que já não lhe escaparia.

CAPITULO NOVE
Uma fotografia que se pode abraçar

Estavam as coisas do Camilo dispostas pela casa como se tivessem sido feitas pela casa para estarem ali. Estavam as coisas do Camilo dispostas pelo Crisóstomo como se as coisas do Camilo, e também o Camilo, tivessem sido criação do pescador. Reparava nisso, estupefacto de calma, apaziguado com as sortes, a pensar que a tristeza tinha um caminho e que, a guiar pela vontade, ainda seria possível que descobrisse a felicidade. Estava feliz.

O rapaz pequeno crescia semeado com boa esperança. Certamente seria terreno farto aquele lugar, a nutrir a aprendizagem necessária, o afecto necessário. Assim o pensou o Crisóstomo quando espiou o Camilo na sua quotidiana tarefa de pousar os livros, pegar nos cadernos, preparar-se para todas as matemáticas da escola. Perguntou-lhe: que é esse ar desconfiado. O rapaz respondeu: sono. Um sono desconfiado, perguntou outra vez o pescador. Ando cá a pensar, disse o Camilo. Em quê. Nas pessoas. No que dizem. No que dizem e no que é verdade. Por vezes é diferente. Pode não ser mentira, mas apenas uma maneira diferente de acreditar.

Tão cedo pela manhã, a casa azul da praia já abria de sol. Como fosse uma nuvem por onde o sol passasse mais e mais, a chegar à areia, à água do mar. A casa da praia coava o sol.

O velho Alfredo explicara ao pequeno Camilo que os maricas eram uma degeneração das pessoas. Eram pessoas que se estragavam e não prestavam mais. Faziam também parte dos que escolhiam ser uma porcaria ao invés de quererem ser normais, como as prostitutas, os drogados, os surfistas e os cantores. O pequeno Camilo, que teria uns seis anos e muita convicção de que o avô lhe contava a verdade de todas as coisas, perguntou outra vez e o velho Alfredo assim lho repetiu: os maricas, de tanto insistirem, ainda hão-de ensinar a humanidade a nascer pelo cu. Era um conceito difícil e malcriado para uma criança, mas significava um pouco o que diz o ditado da água mole na pedra dura, que de tanto investir há-de furar. Os maricas, de tanto o quererem, hão-de fazer do cu um lugar todo ao contrário. Ao Camilo importava saber se as pessoas que daí nasciam seriam normais. O velho Alfredo, a aterrorizar o pequeno, dizia-lhe que se calhar nasciam sem cabeça ou com olhos de pepino ou teriam braços moles sem ossos e buracos na pele. Hão-de ser uns bichos atropelados, arregalados de sangue e sem alma nenhuma, dizia. A criança, aflita até, não entendia porque haveria de alguém querer fazer nascer uma pessoa pelo lado sujo do corpo, e não entendia como sabendo disso podiam os maricas optar por o seguirem sendo. O velho Alfredo sempre o aconselhava a não falar com estranhos e a desviar-se de todas as pessoas esquisitas. Depois, assegurou-lhe ir à escola para saber se o professor de quem falavam era um perigo desses grandes, como se o professor, por eventualmente ser maricas, só por isso, já fosse um perigo de atentado à educação séria dos alunos tão vulneráveis.

Talvez o professor parisse um bicho que degolasse os miúdos. Talvez o professor falasse em lâminas e o que dissesse cortasse os miúdos, a talhá-los como nacos de carne. Ou talvez, com as mesmas lâminas, os lapidasse como aos diamantes. Não, como os diamantes não, pensavam todos. Um professor assim nunca faria diamantes.

O velho Alfredo, com tanto amor pelos livros e pelo exercício mental que curaria o colesterol e muito tecto de casa com vontade de cair, ensinou ao neto que o amor era todo da família ou dos homens com as mulheres. Como se os maricas não fossem familiares, não fossem nascidos de pai e mãe, não pertencessem a ninguém. Como se fossem talvez encontrados pelo caminho à sorte, igual a algo que se levava para casa a ver o que tinha dentro. O Camilo assim o aprendeu. Pensava que ia crescer no sentido mais clássico do presépio. Uma senhora, um senhor, um menino e os animais a verem contentes. Depois, os vizinhos em visita com oferendas. Um presépio limpinho. O rapaz pequeno perguntou: avô, posso ir brincar com o cão. Achava que, se alguém lhe quisesse fazer mal, uma mandíbula amiga haveria de o ter sempre em segurança.

Subitamente, a Isaura entrou com o Antonino na casa do Crisóstomo e sentaram-se no sofá. A Isaura, o Antonino e o Crisóstomo, como um friso de gente com as mãos nos joelhos, encolhidos de tímidos, calados. Chegaram o boneco do sorriso de botões vermelhos para um canto, espremendo-o. O Camilo viu a Isaura, a magra mulher quase namorada do pai, viu o Antonino, um homem maricas que inclinava um pouco o tronco para a direita num sinal inusitado de delicadeza, e viu o Crisóstomo, o pescador educado que, pelo coração, se pôs logo a sofrer. O Camilo pensou que era preciso tirar do corrido do sofá o homem maricas. A Isaura disse que era o marido

O FILHO DE MIL HOMENS   121

dela. Afinal tinha um marido, ou não sabia muito bem se o tinha, mas ele rondara-a, ela tinha dito que sim, e ele fugira. E agora estava ali erguido de prova e ainda não derretera a aliança.

A Isaura, que tinha o nome mais bonito do mundo, não sabia explicar nada.

O Camilo achava que os maricas de verdade falavam aos ais. Ai diga-me, ai que querida, ai meu deus, ai a chuva que cai, ai a minha vida, ai que susto, pelas alminhas. O Antonino não falava assim, mas entortava-se um bocado, deitava flor. Um homem que deita flor, como comentava o povo. Já havia deixado de rir há muito. Se não dizia ais, talvez fosse uma outra espécie de maricas, menos maricas, um maricas de se mexer e não de falar, talvez fosse menos hediondo, menos perigoso, talvez nada perigoso e até só um tolo, imprestável, assim estragado até para fazer mal, como se tivesse o esperma seco e nunca pudesse sonhar com engravidar alguém pelo cu. Podia ser um maricas amigo. Não sabia, o Camilo, se podiam existir maricas amigos ou se teriam de ser todos violentos e desprezíveis. Os surfistas e os cantores, descobria ele todos os dias, não se lhes podiam comparar. Até os cães selvagens se tornavam mansos e bons para as pessoas. Até as raposas, com muitos anos de treino, se tornavam uns sossegados cães de casa. Na escola, alguém contava que tinha uma aranha estrangeira que podia matar pessoas. Com o tempo, a aranha estrangeira habituara-se à companhia e deixara de ferrar. Não oferecia mais um perigo. Estava consolada da vida. Em paz com a sorte. Os bichos também acabam por reconhecer a sorte. Depois o Camilo pensou melhor, aquele era mais ou menos marido da quase namorada do seu pai. Não podia ser gente correcta. Aparecera na altura errada e era certo, nos olhos bem vistos, que o Crisóstomo se pusera logo a sofrer. Estava tudo errado. O Camilo disse: não há chá. Puxou o boneco do sofá e fechou a cara. Era o modo que tinha de dizer que não devia haver conversa. Até que a humanidade aprenda a nascer pelo cu. O Camilo pensou: até que a humanidade aprenda a nascer pelo cu. Sentia-se zangado. Em perigo.

A Isaura estava demasiado confusa. Trouxera o Antonino para que o Crisóstomo tivesse uma boa ideia para resolver o problema. O Crisóstomo perguntou: é filho da dona Matilde. Conheço-a. Era vizinha da minha tia. Depois a minha tia morreu e nunca mais fui lá para cima. A sua mãe está bem. O Antonino disse que sim. A mãe estava bem. Achava que estava bem. O Crisóstomo pensou: pobre homem.

O Antonino confessou ter um certo amor pela Isaura. E também o Crisóstomo pensou no outro como um náufrago que segurava o corpo de uma mulher como uma tábua boiando em alto-mar. O Camilo pensou que havia gente a exercer o amor como um crime. Gente que gostava até por maldade. O homem maricas amaldiçoava a Isaura com aquele amor, que mais não seria do que o desespero a obrigá-lo a ter alguém. O Antonino dizia: quem vê assim o mar parece que navega, parece que vai embora.

A janela iluminava tudo, sempre generosa. Olhavam a praia porque não sabiam o que dizer. Mas a casa de madeira não partia. Não saía do lugar, e era aos homens que competia mexer. Decidir como prosseguir.

Talvez a Isaura tivesse pena por estar ela própria ao pé de amar. O Crisóstomo nunca quereria mal algum ao Antonino, sabia dele agora, magoava-se, mas recebia a vida como ela era e fazia o que podia. Não pensava em mais nada. Os maricas, acreditava ele, estavam doentes de algo incurável. O importante era que não passassem dos seus limites. O Camilo disse: se está casada, já não pode ser namorada do meu pai. O Camilo pensou que, se estava casada, a Isaura já não namorava, já não engordava, dormiria com um lixo de gente e morreria em muito pouco tempo como uma porcaria só para deitar fora. A Isaura encolheu os poucos ombros.

No friso do sofá nenhum dos três se mexeu. Não se tocavam e não se entreolhavam. Perdiam os olhos pelo chão, eram como cachopos sem saber o que fazer, ou eram como cidadãos aflitos numa sala de espera. O governo talvez devesse ter atendimento para aquelas coisas, prestar serviço de discernimento. A Isaura pensou que se não se inventavam missas para os solteiros, que ao menos se inventasse uma repartição para os empatados. Uma coisa na câmara municipal onde pudessem uns e outros entregar quem lhes trazia um impasse à vida. Lembrou-se da Maria. Disse: tenho de ir. O Antonino levantou-se e disse: vamos. O Crisóstomo não se mexeu. O Camilo abriu a porta e sentou-se ao pé do pai que, começando lentamente a respirar, lhe falou do casamento, do amor e dos homens maricas. O rapaz pequeno tinha cabeça dura. Mas aprendera a gratidão. Agradeceu ao Crisóstomo que conversasse com ele sobre esses assuntos mais difíceis. O pai abraçou-o e disse-lhe que o amava muito.

Amo-te muito, filho. Sabes, filho, amo-te muito.

O Crisóstomo explicava que o amor era uma atitude. Uma predisposição natural para se ser a favor de outrem. É isso o amor. Uma predisposição natural para se favorecer alguém. Ser, sem sequer se pensar, por outra pessoa. Isso dava também para as variações estranhas

124   *Valter Hugo Mãe*

do amor. O miúdo perguntava se havia quem amasse por crime, por maldade. Alguém amar por maldade, repetia. O pai achava que talvez não. A maldade tinha de ser o contrário de amar. O Antonino, disse-lhe, já não estava casado com a Isaura porque o casamento havia sido anulado. A Isaura só não sabia o que fazer. Era um compromisso diferente, esse de sentir-se ligada a alguém apenas pela moral e não pelos papéis. Estava ligada pela compaixão.

Entregaram a Maria em casa passava um pouco das quatro da tarde. A expressão inalterada da mulher não permitia perceber alegria ou tristeza por voltar ali. Teria sido uma confusão, acharam todos. A Isaura explicou, mentindo, que se levantara e que não a vira mais. Perguntara, pedira, mas não a vira e pensara até que a tinham raptado para lhe levar órgãos ou arrancar as alianças dos dedos. Os enfermeiros quase se riram. Era uma velha estragada pela doença, não tinha muito que se lhe roubasse, e as alianças valiam quase nada contra o peso na consciência por se raptar alguém. Foi à polícia, perguntou um deles. Ela disse que não. Achava que devia esperar.

Por dentro, a Isaura não sabia como arrumar aquelas pessoas. A mãe, que permanecia como morta a exigir cuidados, e o Antonino, que exigia cuidados para não deixar de viver. Quando se tivesse sozinha, quando sozinha estivesse no quarto da Maria sem ter quem as visse, a Isaura talvez pegasse numa almofada para abafar a outra. Se lhe pusesse uma almofada de modo suave sobre o rosto, tirando-lhe lentamente o ar, a Maria apagaria como uma vela que consumiu por inteiro o oxigénio de um compartimento qualquer. Talvez fizesse isso. Seria mais fácil se não houvesse sempre quem se intrometesse, porque, depois de morta, a Maria poderia ir tombar na pilha dos bichos que morriam na quinta e sobre os quais a Isaura deitava terra sem pensar mais acerca do assunto. O Antonino, entre os animais a fazer as vezes da mulher, pensava por seu turno que seria uma coisa boa que voltasse a Maria a casa. Era já uma mãe sem grande vantagem, mas tê-la por perto, pacífica, tinha de ser uma coisa boa, como uma lembrança mais generosa de outro tempo, uma fotografia mais quente, maior, volumétrica, única. A fotografia única que mais valeria a pena preservar. Uma fotografia quente, dizia ele, possível de abraçar.

Quando miúdo pequeno, a Matilde sentava-o ao colo e contava-lhe que o pai partira para cuidar deles à beira de deus. Era difícil aceitar que o pai não ficasse como os outros homens a ajudar na vida da casa e do campo. Era muito difícil aceitar que não pudesse ao menos voltar por umas férias, uns tempos, como os que vinham de fora, dos seus empregos estrangeiros. Nem no natal, quando os miúdos todos tinham pai e tinham mãe. A Matilde sentava-o ao seu colo, afagava-lhe os cabelos e fantasiava a gadanha da morte como uma coisa boa, porque às crianças se contavam as versões boas de todas as histórias, mesmo das mais terríveis. O Antonino vivia curioso acerca do pai e genuinamente sofria com a sua ausência, mas o colo da mãe era, por si só, o motivo maior da sua curiosidade. O colo da mãe, pelo qual faria perguntas noite inteira, nessa troca que as mães aceitam fazer de afagar um filho por uma pergunta, afagar um filho por um olhar. Incansáveis. Nesse tempo, o Antonino podia crescer para ser tudo. Não era nem particularmente rapaz nem particularmente maricas. Era uma criança, todo ele livre num tempo de ser livre e de não pensar em nada. O que pensava, porque aprendia sobre o mundo e ganhava amor e ódio a cada coisa, era sempre passível de corrigir mais tarde. Nada lhe parecia definitivo, ao menos nada era definitivo além da ausência do pai. A Matilde mimava a criança porque sem o marido se dava a carências maiores. Agarrava no miúdo como se estivesse agarrada a algo que chegava ao outro mundo. Apertava-o com as saudades de um homem e enviuvava profundamente, para sempre, convencida de que a sua vida era só fazer do filho um homem, esperar depois pelos netos e achar que as leis estavam cumpridas. O Antonino perguntava: e era parecido comigo. Ela dizia: cara de um, focinho do outro. Riam-se. Puxava-lhe pelo nariz, beijava-o na testa.

As crianças não deviam crescer nunca porque as crianças são perfeitas. A Matilde pensava que o seu menino pequeno era perfeito. Pensava: as crianças não deviam crescer nunca porque as crianças são perfeitas.

Que raio acontece depois às crianças, que crescem para ser tudo ao contrário do que os pais lhes disseram e tanto lhes sonharam. Que raio se há-de passar na vida das pessoas que as faz perder o controlo sobre os mais novos, tão permeáveis quanto casmurros a crescerem à revelia do que os pais ensinam, querem, mandam. Deviam crescer exactamente como lhes fosse dito. A gostarem do que aprenderam a gostar quando pequenos, a repudiarem o que lhes foi dito para repudiar, sobretudo abdicando de envergonhar a família tornando-se o oposto das coisas boas, das boas educações que as famílias lhes dão. Que raio acontece às crianças depois. A Matilde lembrava-se bem de nunca ter ensinado o Antonino a ser maricas. A sopa de abóbora é boa, dizia ela, e ele, por amor, passava a sentir um bom sabor ao comer a sopa de abóbora. As paredes azuis da sala são bonitas, dizia ela, a tua camisola é bonita porque é azul, e ele acreditava que a cor azul era a sua preferida, até ser a sua preferida sem pensar muito nisso. Talvez lhe devesse ter dito que os homens eram feios. Não lhe ocorrera prepará-lo para o desejo. Não estaria à espera que se pusesse do lado de lá das naturezas, a pensar ao contrário, a querer fazer ao contrário. Não lhe dissera acerca da beleza das raparigas, que podiam efectivamente ser tão belas. Talvez fosse obrigação de mãe rodeá-lo de raparigas e falar-lhe delas, fazê-lo criar expectativas, apreciar o rodado das saias e suspeitar garrido dos seus sexos. Era tão comum que os rapazes se desenvencilhassem sozinhos nessas aprendizagens que a Matilde não colocou a hipótese de se ocupar de tal coisa. Mas não lhe disse nem isso nem o contrário. Nunca lhe dissera que os homens eram bonitos. Nunca o deixara perceber que ser maricas era coisa bonita. Pensava que as crianças tinham de ser casmurras para que não lhes ficasse com segurança a educação toda dentro. Algumas crianças cresciam para serem simplesmente malcriadas. Já para velha, a Matilde pensava que se tinha enganado acerca das crianças. Desculpava-se assim. A culpa não podia ser sua. Era, quando muito, culpa sua não o ter desfeito. Mas desfazer um filho não dava para qualquer mãe, porque o ódio nunca era completo e o amor estava sempre presente, deturpando as melhores e mais sensatas decisões. Quem não tem filhos cada dia mata cem.

A conversa do Crisóstomo com o Camilo punha-se como uma educação tardia para correcção do que o velho Alfredo ensinara. Com tanto livro, insistia o pescador, o velho havia de ter enchido a cabeça do miúdo com palermices acerca das pessoas diferentes. Não era nada que os maricas fossem parecidos com as prostitutas ou com os drogados, com os surfistas ou com os cantores. Cada um padecia de uma especificidade que carecia de ser pensada de modo distinto. O Camilo achava que outrora devia haver um saco onde coubessem todos. Por outro lado, era um miúdo génio e magoava-o sobretudo o ter percebido que o aparecimento de um Antonino era um perigo na felicidade de um Crisóstomo.

O pescador sorria. Nunca tivera dúvidas de que os filhos, mesmo pequenos, também serviam para cuidar dos pais. O Camilo tinha teorias e estratégias para definir a situação. Importava, acima de tudo, reclamar da mulher uma decisão, ainda que um dos candidatos se parecesse anular por sua própria natureza. Era importante consumar caminhos, dizia o Camilo, um tem de ir para um lado, e o outro para outro lado qualquer.

Nesse momento, a Isaura sentou-se ao pé da Maria e observou a sua quietude. Estava uma luz intensa a entrar no quarto e a brancura das paredes tornava tudo muito esbatido, comendo as cores aos objectos, esfumando-os. Parecia que naquele dia a cor fazia morrer tudo, absorvendo a Maria e todos os seus pertences. A Isaura deixou-se assim, o Antonino a trabalhar nos bichos e nas hortaliças e ela a decidir, naquela morte da Maria, de que modo a vida valia a pena. Respiravam pouco. Ambas respiravam pouco. Suspendiam-se. Aproximou-se depois da mãe. Afagou-lhe o cabelo. A Maria suspirou mais fundo, talvez temendo a proximidade da filha. Ou emocionando-se. Sim, a Maria devia ter-se emocionado com o gesto da filha mexendo-lhe com delicadeza no cabelo. Começou a mover os dedos como se entre eles passassem os orégãos. Certamente queria trabalhar para dizer que fora sempre uma lutadora. Queria dizer que lutara. Não era uma qualquer. Apelava ali à sua dignidade. Merecia uma boa memória. E a Isaura uma e outra vez lhe mexeu no cabelo, a respirarem as duas como se fossem esbatidas também. Invisíveis na luz. A filha não fez mais do que isso, estando de pé e um pouco inclinada. Talvez a Isaura pensasse que poderia tomar uma almofada para lhe retirar o fôlego e a deixar partir. Talvez só pensasse nisso, mas nunca o faria. A Maria, que moveu os olhos para o rosto da filha e pôde suspirar como se o corpo lhe ganhasse outra força, esgotou-se assim. Era a temperatura. Subiu para a temperatura do ar e lá ficou. Parou o seu tempo naquele instante, vidrada na filha, a mão da filha no seu cabelo branco, um silêncio absoluto na casa que faria considerar a conquista do maior dos sossegos. Cheirava a impossíveis orégãos, como anúncio de trabalho consumado.

Quando o Antonino subiu, a Isaura sentara-se já novamente na cadeira. Estava ali sem fazer nada. O Antonino chorou. Dava-lhe uma sensibilidade maior e não se continha. Tomou a Isaura e levou-a para a cozinha. Serviu-lhe água.

Depois disse-lhe: quem perdeu a mãe perde-a para sempre e nunca mais para de a perder.

Quem perdeu a mãe perde para sempre e nunca mais pára de perder.

A Isaura arrepiou-se. Olhou para o homem maricas e sentiu-se outra vez uma má pessoa. Sobretudo má pessoa. Magoava-se cada vez mais com o que pensava de si mesma. Magoava-se talvez por achar que deveria ser melhor, precisava de ser melhor. O amor era mérito. E ela não merecia nada.

Explicou ao Crisóstomo que a um dado momento era preciso amar sem olhar a quem. Quando se espera uma vida inteira, perdem-se as exigências e tudo se torna muito geral. Pouco importam os pormenores, dizia ela. Cria-se uma urgência no corpo e passamos a ser apenas uma oferta, uma porção generosa de gente, e depositamo--nos à sorte ou ao azar para que nos levem, nos queiram, por bem ou por mal, e nos deem uso. A Isaura explicou ao Crisóstomo que se sentia assim, urgente. Depois disse-lhe que a Maria morrera. Depois disse-lhe que se sentia sozinha no mundo. O Crisóstomo beijou-a. Beijou a mulher que fora do homem maricas e disse que a amava. Talvez ainda não fosse o dobro de um homem, mas era já, sem dúvida, muito mais do que um homem inteiro. Podia mais do que um homem inteiro. Podia muito mais. Disse-lhe: havemos de compor as coisas. Também eu percebi essa urgência. Mas não quero uma mulher qualquer, alguém ao acaso que me leve e me use. Quero-te a ti. Quero a mulher que fala sozinha com a areia e o mar, a que veio ao meu encontro exacto. A Isaura sentiu que estava triste e feliz ao mesmo tempo.

Ela perguntou: podes repetir.

Ele disse: amo-te, Isaura.

Subitamente, metade das coisas pareciam compostas.

CAPÍTULO DEZ
COMO SE CAÍSSE DE UM CANDEEIRO

Perguntaram-lhe se era verdade que andava metido com a mulher do maricas. Achavam até normal que ela tivesse outro, porque se o marido era assim não servia para o essencial. O essencial, sendo necessário, está sempre certo e não pode faltar. O Crisóstomo, com o coração em chamas, não falaria do assunto, porque entendia uma violência meterem-se na sua vida, sem respeito pelas circunstâncias, os pormenores, os amores. A tão grande espera. Os pescadores, contudo, animavam-se com a conversa pelo cómico de cada ideia. Diziam ser uma enormidade do mundo moderno que os maricas casassem e que as mulheres se aviassem pela vizinhança. Os maricas eram uns porcos, e as mulheres umas ordinárias. A humanidade fazia-se assim. De bem ficavam os homens, por serem estáveis e normais. Todos iguais. De aberração em aberração, um deles contou que já vira uma mulher que antes havia sido um homem. Não era um homem de vestido, como no carnaval, era um homem de pila cortada. Foi um enfermeiro quem lho garantiu, um enfermeiro amigo que acabara de ver a aberração despida para uma operação qualquer. Tinha um buraco na carne como se lhe tivesse sido arrancado o pénis à dentada. Outro pescador contou que a filha de uma vizinha nascera com os olhos tapados como se fosse uma bola fechada. Morrera logo a seguir numa choradeira que ninguém parou. Foi uma coisa boa que morresse, que a mãe até lhe tinha vergonha. As mães tinham sempre vergonha de filhos assim, uns filhos mal gerados, porque eram vistas como mães más, com o corpo burro, um corpo também ele defeituoso no processo de imaginação dos filhos. Como se tomasse opções erradas, ou o estômago comesse demasiado, ou os pulmões respirassem de menos, ou o fígado quisesse vinho como viciado. Como se alguma coisa dentro delas conspirasse por profundo egoísmo ou apatia contra o filho, que devia ser coisa de benigno consenso por todo o ser da mãe.

Os pescadores riram-se como de um monstro marinho, daqueles que inventavam e que, em toda a vida, nunca veriam. Depois, um dizia ter visto uma serpente com duas cabeças. Era um corpo estio e longo a acabar em cabeça para um e para outro lado, como uma faca de dois gumes, uma faca a ferrar por esquerda e direita. Isso, a ser verdade, era como existirem dragões e outros animais mitológicos. O mais fácil, pensaram todos, era que o pescador fosse mentiroso ou estivesse bebido, e pouco importava que inventasse histórias. Alguém, jocoso, perguntava: e chispava dos olhos. É que vi uma assim que chispava dos olhos a meter medo a toda a gente. O pescador respondia: não. Já bastava que ferrasse pela boca e pelo cu. Depois perguntavam: ó Crisóstomo, o marido da tua namorada ferra pelo cu. Diziam que o Antonino era uma serpente de duas cabeças, ao menos de duas bocas, e que ferrava a quem se deixasse ferrar.

Dispersavam para os seus afazeres, não fossem os peixes escapar ou o barco entornar, mas formulavam bem claro o conselho, para que não levasse o Crisóstomo por tabela. Sim, por se deitar com ela ainda lhe entraria alguma coisa pelo cu adentro, exactamente por se deitar ela com o Antonino. Como se sobrasse algo na Isaura passível de atacar outras pessoas.

Ainda acreditavam que podiam nascer filhos assim pela falta de higiene durante a gravidez. Se uma mulher não reparasse bem reparado, umas poeiras ou uns ácaros eram o suficiente para irem misturados pelo acima das mulheres, a infectar tudo por dentro. Na formação da cria, podia acontecer de misturar-se a metades com as bactérias ou bichos maiores. Ficava a meias de ser gente e outra existência qualquer. Os desejos mudavam para desumanidades certamente por causa de uma lixeira dessas, a meter-se mulheres acima sem que elas, um bocado ou mesmo muito mal lavadas, dessem conta disso.

Quando se era novo, o barco assemelhava-se a um ser orgânico fantástico, que se alongava no mar como por coragem perante o impossível. O pescador novo percebia as águas com um medo expectante, e o trabalho, a violência do trabalho, anestesiava um pouco a espera pelo adamastor. O ondular das águas, em cumplicidade com a réstia de luz que a lua fazia, previa figuras que espreitavam submersas, ao longe e ao perto, em visita. O pescador novo trabalhava aprendendo que a companhia era ilusória e que o impossível diminuía porque a realidade crescia e banalizava até o medo maior. Até que fosse medo nenhum. O Crisóstomo pensou que a sua vida era já uma conquista grande de monstros de toda a espécie. Lembrou-se da estranheza das noites na água, a estranheza que a escuridão incute nos objectos quando, por distracção ou demasiado olhar, se tornavam desconhecidos e se revestiam de maravilha ou terror. Pensou que nunca decidiria definitivamente acerca de tantos episódios, tantas pequenas e grandes insinuações de algo anormal, medonho. Mas uma pessoa nunca seria como um monstro marinho, nunca seria como a mentira de uma serpente de duas cabeças. Uma pessoa nunca seria uma mentira. Era preciso que se partisse dessa honestidade. Falar do Antonino como uma verdade, ao menos isso, por decência ou honestidade, sem inventar, por delirante preconceito, histórias que emparveciam as pessoas, que emparveciam as conversas e que não dignificavam sequer o tempo gasto. O Crisóstomo, nessa noite, encostou-se mais pelo bordo da traineira e trabalhou desatento, com o sentido longe dali. No dia seguinte, sabia, tinha de voltar a dizer à Isaura que a amava. Isso, por si só, era suficiente para que a felicidade comparecesse. Os felizes, pensava ele, eram quase os felizes, agora eles, na sua vez. O resto, apenas problemas, coisas práticas que tinham de resolver, mas sem chispar dos olhos e sem ferrar por lados diversos. A vida podia ser mais simples.

Ofereceu-lhe um anel com uma pedra azul muito brilhante. Era uma água-marinha, dissera-lhe o caro vendedor. Uma condensação de todo o mar, como se todo o mar fosse sumariado na eterna intensidade daquela matéria. A Isaura colocou-o no dedo e afundou. Perdeu-se facilmente na profundidade dos sentimentos. Tinha, no entanto, um quase marido entre o anel e o dedo. Tinha um marido entre um e outro pulmão. Conseguia mal respirar. E o Crisóstomo disse: queria muito que não te sentisses sozinha no mundo. Ela levantou-se, pareceu-lhe ter de ir a algum lugar. Ia ver o Antonino. Mostrar-lhe o anel e desejar que o mar se desfizesse em mil bocas de tubarão. O anel reagiu ao sol. Era um caleidoscópio que levava a Isaura na rua igual a uma epifania divina.

Talvez por causa do amor, a Isaura permitiu que o Antonino ficasse em sua casa, no quarto grande da Maria, já nunca como um marido, explicou-lhe. Era uma situação toda esdrúxula que tivesse um homem dentro de casa, mas o casamento anulara-se e a vida seguira e tão pouco depois tudo mudava como não havia mudado durante tantos anos. O Antonino talvez pudesse pacificar-se com a Matilde, talvez mais adiante no tempo, na idade. Ele garantia que gostaria de cuidar da sua mãe com o empenho paciente com que a Isaura cuidara da Maria. A Isaura não dizia mais nada. Andou a dividir coisas pela casa toda e a repartir e a destinar. O Antonino ficava ali encaixado também, e o povo, sem saber se aquilo era marido ou disparate, haveria de habituar-se e calar-se devagarinho. Nenhuma história ficava contada para sempre. O Antonino tomou as mãos da Isaura, emocionado, e contou-lhe como se quisera matar na noite do dia em que casaram.

Contou-lhe como deixou a Matilde e partiu até ao cais dos barcos. Mergulhou na água atirado como um saco. Mas o corpo pôs-se a mexer e, entre engolir água e nadar, viu-se à superfície do mar a tremer de frio, o rosto molhado num pranto, o rosto molhado na tristeza de ter de partir.

O Antonino disse à Isaura que amasse. Que amasse,

pelos dois, o pescador, que dele cuidasse como quem cuidava do importante destino do mundo. O toque de alguém, dizia ele, é o verdadeiro lado de cá da pele. Quem não é tocado não se cobre nunca, anda como nu. De ossos à mostra.

E amar uma pessoa é o destino do mundo.

O Antonino explicou-lhe que não queria ser mulher e que gostava de mulheres e lhes prestava atenção. Disse que admirava a liberdade que tinham para a expressão da sensibilidade, achava que era como uma permissão para ter a alma à solta, autorizada a manifestar-se pela beleza ou pelo espanto de cada coisa. Estava autorizada à sensibilidade que fazia da vida uma travessia mais intensa. As mulheres, pensava ele, eram mais intensas. A Isaura pensou que a delicadeza dos homens maricas era como uma carência, uma insuficiência, uma semelhança com as mulheres que vinha de dentro a estragar-lhes os gestos, alguns gestos que deixavam de ser estritamente masculinos.

Ele disse que ela havia de se pôr bonita para o pescador. Sorriram. Ele começou a penteá-la e a formar-lhe o cabelo para que tivesse um desenho qualquer. Sorriram. Desencantaram uns batons e outras humidades e mais pós de pintar a cara e foram sublinhando a Isaura aqui e acolá, como se marcassem o que se via de importante, como se propusessem uma leitura repetida de algo que não era feito de palavras mas que comparecia no rosto dela igual à página com uma história escrita. A Isaura nunca se imaginara com os olhos bordejados de azul-claro, um azul que escondia as olheiras tristes das noites de espera. Nunca pensara que a beleza pudesse estar simplesmente como preguiçosa à

138 *Valter Hugo Mãe*

sua mercê. À mercê de um maior empenho. O Antonino fechou o estojo, sorriu. Disse: isto esteve demasiado tempo esquecido no quarto da tua mãe, estes lápis estão velhos, são antigos, se fossem novos haveriam de te pôr ainda mais bonita. A Isaura viu-se no espelho, cuidada como uma senhora, e quase se assustou. Talvez agora o Antonino fosse um bom marido. Talvez assim fosse um bom marido. Por um instante, a Isaura sentiu-se feliz. Expôs a mão ao espelho. O anel reluziu numa saudação. Por um instante, a Isaura sentiu-se um pouco absoluta. Foi a primeira vez que pegou numa coisa daquelas. No entanto, o Antonino via a Isaura e sabia de algum modo onde estava escondida a sua beleza. O Antonino via a Isaura.

Ela perguntou-lhe: não te curas. E ele disse: não. E ela disse: não pareces doente. E ele disse: pois não. E ela disse: deve ser porque não estás doente. E ele disse: não sei. E ela disse: haviam de inventar um comprimido. E ele disse: pois haviam.

À tarde, o Antonino foi ver a Matilde para lhe dizer que estava bem. Quando o viu, ela nas beiras do seu tanque, parecia que a enxotavam. Ia enxotada para dentro de casa e deixava a porta aberta claramente para que ele entrasse também. Quando entrou, ela chorou e abraçou-o por um segundo, proibida sempre de lhe tocar, proibida de o querer. Queria-lhe bem. A Matilde enxugou o rosto e ele também. Disse-lhe que estava com a Isaura, que cuidava dos animais e das hortaliças na casa da Isaura. Ela perguntou pela morte da Maria. Abanaram a cabeça como se o silêncio fosse a única resposta. Depois, a Matilde desviou da porta a cortina e abriu a pequena janela de vidro fosco por onde espreitaram os dois. Tinha uma caseira. Uma mulher despachada que lhe fazia o que ficara por fazer desde que ele se fora embora. O Antonino sorriu. A Matilde respondeu: mas já quero que se vá embora também. Tem tanto de despachada quanto de complicada. Só me dá dores de cabeça. Não tem sossego. É uma mulher sem sossego e sem inteligência nenhuma.

O Antonino só conseguia pensar no breve abraço que a mãe não contivera. Só conseguia pensar que valera tudo a pena, porque sentira aquele breve abraço da mãe.

A Rosinha tinha uma filha de sete anos que cirandava por ali com afazeres mais pequenos mas infinitos. A Matilde pusera-as na casa de baixo, remediadas com um quarto para as duas, mas fazia-lhe confusão que andasse de volta delas um velho que não lhes dava futuro, só as iludia. A Rosinha, feita toda de pedra, parecia indestrutível, a andar para cima e para baixo com a força de muitos homens. Vinha-lhe da cabeça, como dizia a senhoria, tirava da cabeça que a vida era assim e não deitava queixa a coisa nenhuma. Quem quer, faz. Quem não quer, manda. A Rosinha fazia tudo sem esperar ser mandada. Queria e fazia de tudo. A Matilde poderia até estar satisfeita com a caseira, não fosse ter uma cria por ali sempre a meter o bedelho e depois a caseira enfiar o velho Rodrigues em casa e andar sempre a suspirar por ele. A Matilde dizia-lhe para ir suspirar por alguma coisa de valor, como um pouco de dinheiro no banco ou um par de aulas para a filha, mas a outra estava aflita com os amores e não era por viver encantada com um homem tão mais velho que o encanto diminuía. As pessoas eram assim mesmo, feitas de imprudências. Olhe, dizia a Rosinha, quem sabe se a imprudência é a felicidade. A imprudência é a felicidade. E a Matilde respondia, você quer dizer a burrice. É que a burrice dá direito a orelhas.

Talvez exista muito burro feliz.

O Antonino disse: boa tarde. A Matilde explicou que era o seu filho, casado com uma Isaura, e sorriram todos. As palavras saíram-lhe gordas, como se pudesse falar por tamanho, dar tamanho ao que dizia. Era do orgulho de, por uma vez, apresentar o Antonino com essa máscara tão cristã de estar casado. Fazia dela a mãe perfeita, finalmente a mãe perfeita. Não importava que o casamento se tivesse desfeito, o Antonino não lho disse, importava que estava do lado de lá dos campos, acolhido por uma Isaura, a ter por ofício o cuidado com outros bichos, outras hortaliças. A Rosinha disse: ai que rapaz jeitoso, se não fosse casado atirava-me eu a ele, que preciso de um pai com juízo para a minha menina. E a Matilde disse: então largue esse velho e procure melhor, que você nem é feia e há-de haver quem lhe pegue. E ela respondeu: e você que quer. Para onde eu vou, vai-me o coração também, que ainda não arranjei modo de o largar pelo chão.

O Antonino tocou na mulher. Achou aquilo a coisa mais bonita de se dizer e ficou emocionado. Tocou-lhe, perante o espanto da mãe e o sobreaviso da pequena cria. Estava talvez mais sensível do que o costume e agia sem muito querer. Tocou na mulher, parou o olhar no dela, que se aquietou expectante como um animal um pouco selvagem apanhado em grande surpresa, e disse-lhe: nunca queira livrar-se do coração. Siga-o. A caseira ficou confusa. Não era costume que alguém lhe respondesse com tão grande intensidade nos olhos. A Matilde entrou em casa alvoroçada. Achava que tinha um filho que era um certo deficiente do amor. Padecia de uma loucura dos sentimentos. Dizia por impru- dência o que não tinha de dizer, não devia sequer acreditar naquilo.

Outra vez sozinhos na cozinha, ele acalmou-a. Disse-lhe que era um rapaz de pouco valor, mas que estava a habituar-se a valer pouco para não esperar nada da vida. Se não esperarmos nada, dizia ele, tudo quanto existe é já abundância. A Matilde recomeçou a falar da Rosinha para se esquecer de tudo.

Contou que o velho com quem ela andava metida era um estafermo e que vinha por ali apenas para se aproveitar da mulher. Nunca lhe dera nada de jeito e talvez fosse pai da cria, mas não vendia uma cabra para dar um casaco à rapariga ou cuidar-lhe de um dente. Contou que o velho vinha e fazia um reboliço lá para a casa de baixo, mandava a cria passear ao campo e só saía aviado. A Rosinha, depois, aparecia já com couves e batatas e pegava no trabalho para não dar conversa. A Matilde contou que a Rosinha, por causa dessa coisa mal gerida do amor, estragava tudo e até lhe custava a ver. O Antonino perguntou: como estraguei eu. A Matilde respondeu: sim, não pior, mas muito também.

O Antonino disse: gostava que me abraçasse outra vez. Foi quando chegou o velho Rodrigues, que lhes bateu na porta falando alto. E a Rosinha, perguntou ele. A Matilde respondeu: foi-se pôr bonita, que ela andava como um reco a precisar de muito banho. O Antonino lembrou-se de como a Isaura se pusera bonita.

Quando o Crisóstomo viu a Isaura pintada e penteada, julgou que ela vinha de noiva. Sentaram-se na areia a sentir o fim da tarde a brincar como miúdos. Perguntou-lhe se vinha de noiva, assim bonita, assim vaidosa, se aquilo era uma forma de casar. Ela não sabia se as noivas eram vaidosas. Não casara vaidosa e nem se fora pentear, pensou. Mas contigo, dizia, se casasse punha-me de luz, como se caísse de um candeeiro. Foi o Antonino, confessou ela. Riram-se os dois. Pôs-me bonita de tanto olhar e andar à procura.

Beijavam-se já muito na praia, ali mesmo diante da janela de casa por onde o Camilo podia perceber que se encontravam cada vez mais. O Camilo gostava que a Isaura fosse para o Crisóstomo, como racionalmente encomendada para ele, para lhe fazer bem, para o intensificar como um pescador que trazia finalmente o mar inteiro para casa. Um pescador que definitivamente conquistava o mar. A Isaura sorria e achava subitamente que as coisas se compunham a partir do que não seria óbvio. Afinal, o Antonino cuidava dos bichos e das hortaliças e a casa não desmoronava, e ela podia estar a tarde inteira por ali, a voltar aos lanches, a beber chá como uma senhora de convívio, a barrar manteiga nas torradas. Já não compravam doces esquisitos porque não se sentiam nada esquisitos e não precisavam de se impressionar. Eram tão normais. Queriam as coisas normais com que se entendiam sem complicações. Quando se conhece alguém, pensou o Crisóstomo, procuram-se as exuberâncias dos gestos, como para fazer exuberar o amor, mas o amor é uma pacificação com as nossas naturezas e deve conduzir ao sossego. O gesto exuberante é um gesto desesperado de quem não está em equilíbrio. Parecia agora saber tanto sobre o assunto, pensava, como se pudesse, ao acertar na mulher, saber por instinto tudo o mais quanto estava certo ou errado. O Crisóstomo, ali na areia da natureza toda ouvinte e toda inteligente, disse que o Antonino era o melhor ser humano do mundo. Depois riram-se os dois sempre mais. Tinha-lhe mandado a Isaura embelezada como de presente. O melhor presente.

Nessa altura, o Camilo domesticava um cão. Ia entregá-lo a um amiguito novo e deitava os olhos para a areia como a garantir que estava tudo bem. O cão esperava. Estava educado. O Camilo orgulhoso.

Os pescadores nunca entenderiam que a vida do Crisóstomo fosse diferente assim, mas esperar que a vida de toda a gente fosse igual era uma rotunda estupidez. Já não importava o que poderiam dizer. Por isso, a Isaura deitou-se na cama dele. Não tinha mais virgindade alguma para oferecer, porque o tempo de sozinha apagara segredos e a virgindade era só um segredo a ser revelado e mais nada. Deitou-se talvez já mais saudável, tendo engordado, criando novas curvas pelo corpo que ainda não desnudava. Pediu que fosse assim, sem ver, lentamente, sem ver. Tinha uma camisa de dormir que a cobria até aos pés. O Crisóstomo deitou-se delicadamente ao seu lado e poderia ser até que apenas conversassem. Aquele era o sentimento mais intenso do mundo. O Crisóstomo então levantou-se, atravessou o quarto, saiu, foi ver o Camilo deitado e beijá-lo para dormir e disse-lhe: nunca limites o amor, filho, nunca por preconceito algum limites o amor. O miúdo perguntou: por que dizes isso, pai. O pescador respondeu: porque é o único modo de também tu, um dia, te sentires o dobro do que és.

Amo-te muito, filho.

Quando novamente se deitou ao lado da Isaura, o Crisóstomo também se emocionou, mas não chorou, era muito menos maricas do que o Antonino. Emocionou-se por abraçar aquela mulher e acreditar que, aos quarenta anos, a vida tinha aprendido finalmente aquilo de que precisava. E a Isaura, longe de casa, era agora outra mulher. Respirava. Ela respirava. Tirou a camisa de dormir. Teve a coragem de se despir e de fazer tudo ao contrário do que estava à espera. Queria estar já num futuro qualquer, no qual se pudesse entregar toda, sem reservas.

O Camilo pensou que talvez o Antonino, por nem falar aos ais e por ter engrossado o corpo como um trabalhador rude do campo, se salvara de ser um monstro. Talvez amasse. Passou a ponderar a oportunidade de alguém ter dignidade no erro e o erro ser meritório de respeito. Na verdade, nunca mais os sons das casas falaram, nem estavam a Carminda e o Alfredo em lugar algum senão no cemitério. Havia tanta coisa que lhe fora ensinada e que não valeria de nada, era uma educação feita por um amor descontrolado, a descarrilar por instintos confusos de eternidade e muita, mesmo muita, saudade. O Camilo começou a pensar que tantas coisas se aprendiam quando se ficava sozinho. Era importante que muita coisa fosse decidida nessa clausura da solidão, para que a natureza de cada um se pronunciasse livremente, sem estigmas. Pensou assim e achou que, não sendo um livro, era um pensamento capaz de eliminar o colesterol e segurar os tectos das casas todas. Naquela noite, também ele percebia que tanto se fazia de outro modo. Era outro o modo de a Isaura ficar ali a dormir, sem mais namoro nem mais explicação. Também ele se tornara filho do Crisóstomo sem mais pergunta nem explicação. Fixara o ar terno do Crisóstomo, fixara como transbordava de si mesmo correspondendo ao conselho que lhe dera ao beijá-lo. Antes de dormir, o Camilo disse que amava o Crisóstomo, amava o seu pai. Precisou de o dizer para não se limitar no amor. Precisou de o dizer para si mesmo, baixinho, para não se limitar no amor.

O FILHO DE MIL HOMENS   145

De manhã, apreciaram juntos a colecção de conchas e os objectos esquisitos que vinham do mar. O Crisóstomo contava histórias sobre cada um e riam muito. Parecia que se juntavam para tornarem cada história fundamental. Como se fosse fundamental cada concha, cada objecto esquisito e tudo ser contado em companhia. E a Isaura dizia: isto é só um plástico. E o Crisóstomo respondia: tem escrita uma mensagem numa linguagem desconhecida, repara bem. Talvez fosse chinês ou algo parecido com chinês de um lugar mais ou menos chinês ou para os lados da China. Talvez fosse de um país que não esse, e talvez fosse muito bonito ou muito feio. Mas o Crisóstomo, que nunca saíra da sua vila senão ali para adiante, no mar, achava que escrever-se assim era esquisito e digno de ser assunto de conversa e coisa de recordar.

Preparavam o pequeno-almoço. Não havia ninguém na areia. Do pequeno-almoço ao mundo inteiro, tudo parecia equilibrado, perfeito. A janela mostrava como podiam ser felizes.

CAPÍTULO ONZE
PROVIDENCIAR

A Matilde foi chamada lá acima, à berma da estrada, que estavam ali dois homens a pedir para lhe falarem. A cria dizia isso mesmo à mulher, e ela barafustava logo. E que me querem, dois homens, ora essa. E a miúda respondia: eu ainda perguntei se não podia ser com a minha mãe, mas eles querem-na a si, a ver se pode ir ao portão, porque estão ali à sua espera. A Matilde limpou as mãos ao avental e lá se meteu a caminho, contrafeita e a dar ordens à rapariga: tu arreda daqui a chamar a tua mãe. Ela que se ponha com a caçadeira a ver o que eles me querem. Que vá para a varanda de cima e fique a ver. Mas depressa, tem de ser depressa, ouviste.

O homem mais novo disse: boas tardes, senhora, sou eu, ali do cerco, está a conhecer-me. E você que me quer, perguntou ela sem demoras. Venho aqui com o senhor Gemúndio, o que ficou viúvo. O homem mais velho encolheu os ombros, o mais novo voltou a falar: não pode viver para aí sozinho, e está há três meses sem companhia de mulher e tem muito de que tomar conta, havia de ver como vai a casa dele, aquilo não tem arrumo, nem ele sabe o que fazer. E eu com isso, senhor, trabalho já não me falta, e do meu homem estou despachada há uma vida inteira. Não é para si, ó dona Matilde. Você não tem uma caseira, perguntou ele, você não arranja de ela ficar com ele. Tenho uma caseira, tenho, mas ela já se anda a deitar com outro velho aí dos campos. E ele dá-lhe casamento, perguntou o homem mais novo, ele mete-a em casa com modos. Olhe, já lhe deu uma cria, que essa aturo eu que anda sempre por aqui a chorar, mas casamento não lhe vai dar, que ele não é burro e troca-lhe os carinhos e as perninhas por umas coroas de nada. Chega aqui, vai-lhe às perninhas e põe-se a andar. E o homem do cerco respondeu: como são os maus cristãos. Isso são os maus cristãos, minha senhora.

O homem mais novo sentiu que a conversa tinha juízo e animou-se para os seus objectivos. Disse: pois aqui o senhor Gemúndio dá-lhe tudo, já não tem nada a perder. Não tem a quem deixar as fortunas, e a sua caseira com este ficava bem servida. Eu não sei, disse a Matilde, é um assunto para ela, que a mim dá-me igual se vai com um velho ou com outro.

O Gemúndio, até ali calado, ergueu como pôde a cabeça sobre o portão sempre fechado e acrescentou: tenho umas dores grandes nas costas, não me dá para andar em pé. Então e só a quer para isso, para a comida e para a roupa lavada, perguntou a Matilde. Eu só, minha senhora, disse ele. E não lhe vão dar os nervos aí nas partes e deixar a mulher farta de lhe fugir, perguntou ela. O velho respondeu: pois, acho que não, tenho isto como se tivesse sido cortado, até para as águas me falha.

Ó Rosinha, gritou a Matilde a plenos pulmões, venha cá que esta conversa é para si. Começou a acenar com os braços para que a outra percebesse que a queria junto dela, mas a Rosinha não era grande olho e, a ver que a mulher esbracejava como uma figueira em temporal, achou que havia de lhe enxotar a passarada e deu dois tiros para o ar. Tenho de lá ir eu, convenceu-se a Matilde, tenho de ir chamá-la que ela é míope e ainda nos enfia uma bala nas dores que nos manda ao céu a pregar às almas. Assim desceu até ao casarão velho, praguejando e fazendo sinais para que a miúda, filha da caseira, viesse ao pé dela ao recado.

O homem mais novo pensava que a Matilde, a mãe do maricas, era uma mulher de força. Talvez a Matilde precisasse de saber que as pessoas pensavam de si assim. Viúva e por ali sozinha, aturara bem aturado um filho difícil. O homem mais novo, o do cerco, julgava-a boa para a vida, sem se ir abaixo.

E a Matilde chamava a cria.

Logo que a rapariga compreendeu o gesto, aproximou-se e recebeu a ordem: vai tirar a tua mãe dali, está cá um velho que quer casar com ela, que venha ao portão ver o que é. E a cria respondeu perguntando: outro, já não basta o dos campos que é um chato. Anda, moça, que isto não é assunto para ti, diz-lhe que vá ao portão a ver se lhe interessa. Três minutos depois, a Rosinha assomou à porta de baixo com o passo apressado. Ó dona Matilde, ó dona Matilde, que é isso de um velho para casar comigo. A miúda acompanhava-lhe o ritmo e repetia: um velho quase morto, onde já se viu, para que serve um velho assim. E a Matilde saía da cozinha de fora e punha-se em gritos também: e eu é que sei, vá ver se lhe interessa, se não lhe interessar mande-o embora que há-de haver mais vida depois de um disparate como este ou outro qualquer.

A Rosinha, furiosa, exclamava: eu sou sua caseira mas não estou para aqui enjeitada, que eu tenho um amor para viver, não sou uma qualquer nem vim do gado. Ó senhores, toca a ir embora daí que eu não estou de noiva, senhores, andar daí, andar. Dizia-lhes isto e seguia aproximando-se ainda com a caçadeira na mão, deixando os dois homens atrapalhados, mas sem saírem do lugar. Não estão a ouvir, isto agora virou mercado ou quê. A mim ninguém me merca.

O homem mais novo procurava palavras e acabou por dizer: ó Rosinha, sou ali do cerco, não está a ver, venho como amigo. E é você quem casa, perguntou ela. Eu não, é o senhor Gemúndio, ficou viúvo aqui há uns meses. Ela fez má cara e perguntou: e já vai de casório novo, ainda a outra não defuntou como deve ser e você já quer ir de amores outra vez. Ele está muito sozinho, mete dó, tem de arranjar alguém que cuide da casa e dos campos, tem ainda muito animal. O senhor Gemúndio, ó Rosinha, precisa de uma mulher.

Ó mãe, disse a miúda, mande o velho embora, mãe.

E ela insistiu: e que acha você que tem para oferecer a uma mulher nova como eu. O Gemúndio mais uma vez se esticou, lentamente, e respondeu: quero uma companhia, e quem assim me acompanhar fica com o que deixo, que não é pouco, umas quantas fortunas. E que tem você para deixar, de tanto que abre a boca, perguntou ela. E ele enumerou: uma casa ainda de bom telhado, três terrenos, um a perder de vista, cinco vacas, uns quinze porcos gordos, coelhos para muito tempo e galinhas normais e uma galinha gigante.

A mulher abriu os olhos e inquiriu: gigante, uma galinha gigante como, para que tamanho.

Ui, disse ele, para o seu tamanho quando estica o pescoço. E ela deu um salto, riu-se e respondeu perguntando: isso então é uma avestruz.

Nesse momento, do fundo do caminho, a Matilde espreitou à esquina da cozinha de fora e gritou: então, já fica prometida ou isso é para nada. A miúda respondeu: o velho tem uma galinha gigante, uma avestruz. A Rosinha encarou o Gemúndio e perguntou: e a casa é sua, de nome e tudo. Ele disse que sim, que era tudo seu, para deixar a quem estivesse por casado e papel passado. Ela gritou à outra: ó dona Matilde, venha cá, venha cá ver que lhe parece. A outra subia o caminho novamente já numa balbúrdia de impropérios: você anda para aí toda assanhada, mulher, não lhe basta ser enganada por um velho, agora ainda lhe dá calor para outro, mande-o embora, que isso é para se cansar e ficar sem nada. Ó dona Matilde, dizia o homem mais novo, o do cerco, se fosse uma coisa sem modos nem eu vinha aqui acompanhar o senhor Gemúndio, estamos a falar de boa gente, gente honesta. E o Gemúndio, já muito vexado, queixou-se: tive uma vida de respeito com a minha falecida mulher, não foi para ser insultado que aqui vim. A Matilde levantou-lhe a mão e respondeu: o senhor acalme-se, aqui na minha quinta ainda não é todos os dias que nos entram pretendentes com tanta pressa, se quer coisa, espere aí explicadinho a ver se a gente se entende e aceita. A miúda agarrou-se à mãe e ali ficou a ver de mais perto os rostos dos homens que se esticavam por cima do portão. E a Rosinha pediu: ora diga lá outra vez o que tem de nome, assim direitinho para eu saber e aqui a patroa ouvir. E ele, outra vez, enumerou e acrescentou: uma casa, três terrenos, um muito grande a perder de vista, um tractor, cinco vacas, um burro, quinze porcos, um ror de colmeias, coelhos e galinhas normais e uma galinha gigante.

Uma galinha gigante, perguntou a Matilde. É uma avestruz, disse a miúda. E isso é seu, quis saber a patroa. É tudo meu, minha senhora, é tudo meu. E você de que está à espera, Rosinha, o outro deu-lhe alguma coisa. Anda aí a dar-lhe filhos e deixa-a metida aqui a trabalhar. Com este você mete-se em casa, cuida do gado que é seu e, se lhe apetecer, vende um terreno e come dinheiro, até pode pôr a filha a estudar. A miúda perguntou: ó mãe, o velho dos campos é o meu pai.

E que mais, quis saber a Rosinha, e que mais, senhor Gemúndio, o que quer dizer mais. Olhe, nada, que vivo ali à entrada da vila e, se aceitar, fazia-me falta que mo dissesse para apressarmos as coisas, o amigo aqui já explicou, tenho a casa num desarrumo e ando a comer porcarias que me fazem mal e de tão magro que estou ainda morro sem cuidados. Se a Rosinha tiver de aceitar que aceite logo para andarmos com a vida. E a Matilde disse: aceite, Rosinha, você aceite, que eu não me importo de a ter aqui, mas olhe que assim também era uma lição que dava ao outro, por andar aí a enganá-la tanto tempo e você nada, nem tem casa, nem ganha dinheiro. E o homem novo acrescentou: também, se lhe fizer falta, ponha-lhe os cornos, que um marido destes já não se pode queixar de nada, não é, ó senhor Gemúndio. O velho fazia que sim, resignado ou sem mais capacidade de discussão.

A Rosinha ficou uns segundos calada. A pequena largara-a e estava pendurada no portão a espreitar o candidato, como avaliando-o, medindo-o pormenorizadamente como se para saber se o quereria para pai. A Matilde ali ficou, as mãos na anca à espera, um certo sorriso nos lábios. E a caseira disse: e essa galinha é uma avestruz, é que me faz confusão que não diga avestruz. E ele respondeu: não é uma avestruz, é assim um bicho grande que me apareceu no galinheiro numa noite de temporal. A miúda voltou a perguntar: se não é uma avestruz, então é o quê, para ter o tamanho da minha mãe. Você não é maluco, perguntou ela outra vez, não está já maluco de velho. O Gemúndio disse que não e mostrou-se cansado. A Matilde foi quem decidiu a coisa: olhe, venha cá amanhã buscá-la. Passamos a tarde a fazer-lhe as malas e pode levá-la. Ó Rosinha, você vai com este nem que seja ao juízo do estalo. Vai com este e vai pensar que está a dar um futuro à sua filha. Se não se pendura assim numa casa, qualquer dia está no monte a falar de grunhidos com os lobos.

Assim foi como ficou tudo bem tratado, com a Matilde a sentir-se uma patroa das melhores. Sentia-se mulher de muita inteligência, como se quem se abeirasse dela ainda fruísse disso, semelhante a uma coisa esbanjada em contágio por graça da natureza. E eu lá tenho tempo para fazer as malas numa tarde, ó senhora, você está a ver-me bem. E a outra respondia: ambas as duas damos conta disso e a cria também. Se faltar alguma coisa, vem buscar depois. E se for para casar ainda leva tempo, que não se casa num dia e não é sequer de lei. Ó Rosinha, você casa depois, mas agora põe-se lá a jeito, que o homem não vai ficar à fome com galinhas gigantes para cozinhar. É uma necessidade, ou você cuida dele agora ou depois não tem marido para lhe deixar fortunas, vai tudo para os bancos. Isso é falar bem, dona Matilde, disse o homem mais novo, que eu também pensei assim. Não é que conhecesse a dona Rosinha, que não conhecia, mas isto parece-me uma oferta como deve ser, com respeito. Quem dera a muito mulherio por aí ter uma sorte destas grandes, que ficavam arrumadas para uma vida inteira com uma herança sem igual e um nome para pôr nos filhos. Mas, olhe lá, você chama-se Gemúndio, é, perguntou a Rosinha. E o homem abanou com a cabeça em sinal afirmativo. Ela continuou: então você não tenha ideias. Enquanto não houver papéis, não há convívio, se é que vai haver. Olhe que não vem para aqui arranjar uma vadia. A Matilde atalhou: deixe lá isso, Rosinha, ele já disse que não, que a mim até me parece que lhe falta o ar e não deve dar nem para pensar nessas porcarias. A Rosinha respondeu: eu só quero é que ele fique já a contar, não vá pensar que é só chegar e tirar partido, e é verdade que ainda estou de coração rendido por outro homem. Ó mãe, é o meu pai, perguntou a miúda. Não é teu pai, sossega, e eu hoje já lhe digo umas quantas, para aprender a não ser assim. Nem ele tem casa a sério, tem as vacas e os porcos, mas a casa é do senhorio, que eu bem sei.

O Gemúndio regozijou como pôde, sempre tímido e gasto, e disse: só lhe trago a verdade, Rosinha, só lhe digo o que tenho e o que tenho, servirá para que cuide de uma família. Ela encheu o peito de ar e gritou: dona Matilde, vou casar, mulher, vai ver-se livre de mim e eu de si. Vou casar e ter porcos, por isso meta os seus porcos no cu. A Matilde riu-se e estava certa de que uma grande sorte tinha vindo para a sua caseira naquele dia.

CAPÍTULO DOZE
A GALINHA GIGANTE

A galinha gigante não era uma avestruz, era uma galinha de tamanho impossível que nem sequer esticava muito o pescoço e já dava pela altura de uma mulher. Estava no galinheiro, comia o mesmo que comiam as outras, embora em maior quantidade, e sentia-se ali confortável sem parecer nada de extraordinário. A Rosinha passava pelo galinheiro e admirava-se com aquilo e pensava que seria um luxo manter um animal daqueles, a comer em triplo e a tropeçar nos outros bicharocos, e fez logo planos de a cozer para a festa de casamento. O homem dizia: tenho apreço por ela, não serve para nada, é só pelo apreço, nunca tal se viu um bicho assim. E ela discordava: isto é um marmanjo de galinha, se não trabalha tem de ir à panela e, gorda como está, já é bem tempo de servir para o que serve, não fica de cão ou de gato, ó senhor Gemúndio. Ele, sempre mais resignado, não refutava os argumentos dela, ia pensando no fim da vida com aquele maior disparate que vinha da cabeça de uma mulher tão jovem.

Ela passava os olhos por tudo para ver como lhe pareciam as promessas do pretendente. Isto está um bocado velho, não é assim uma casa de tão grande valor. E ele respondia: é antiga, mas está de pé e nunca lhe caiu nada, não vai abaixo com muito inverno. Isto é de pedra, minha senhora, isto é tudo de pedra. Pois, eu sei, mas não tem cá mordomias nenhumas, é só um casco. Ele batia com o pé na parede exterior e acrescentava: isto foi assente pelo meu avô, que ainda fez as boas casas da vila, não há melhor do que estas construções, disso lhe dou eu garantia de honra. E o terreno vai até onde. Até onde vê e para lá um bocado. Ali para cima para o monte. Sim, ali é tudo da casa. Aqui isto é tudo meu. Só acaba para o lado esquerdo, por causa aqui do vizinho, que também é bom homem. Quem vive aí. O senhor Giesteira e a mulher, que ficou maluca.

À porta de casa estavam as trouxas com as roupas da Rosinha e da filha. Eram umas quantas trouxas não muito cheias, que não continham senão coisas velhas e meio rotas, sobretudo marcadas pelo trabalho. O velho homem explicava que seria preciso arranjar um quarto para a miúda. Era preciso que se tirassem umas madeiras e uns ferros de um pequeno compartimento da casa. A Rosinha andava de lado para lado e via a cama de casal e as fotografias da falecida e perguntava ao homem se as queria por ali. Ele dizia que sim, que a morta haveria de olhar por eles a partir do céu. A Rosinha não se importava nada, achava que quando enterrasse o velho enterraria definitivamente a velha mas, por agora, viveria como a emprestar-lhes a casa que, estava segura, já seria como sua.

Ele gemia com dores e encostava-se a um móvel, e ela reagia: você não morra hoje, ainda não assinámos nada, você espere, que isto para ser bem feito era você morrer no dia do casamento, que assim só me dava trabalho até lá e eu já ficava com os papéis. E ele respondia: também não seja tão interessada, ó Rosinha, que eu não tenho pressas, embora me custe cada vez mais a vida. Custa a todos, isso custa a todos, respondia ela. Depois sentava-se num banco da cozinha, apreciava o que ali havia, achava poucas as panelas, tudo já muito antigo e usado, mas era um bom espaço, com uma grande janela por onde ela veria o campo até ao cimo, todo a caminhar para propriedade sua, e isso era vista de encher a vontade, isso era o que lhe dava jeito, virar patroa daquela terra e daqueles bichos, a cuidar-se como sempre sonhara e nenhum homem lhe correspondera. E ele interrompia o sonho dela e perguntava: e o velho à porta, vai mandá-lo embora. Ela respondia: não se apresse, senhor Gemúndio, isto ainda não é um casamento, e o homem está triste, não se manda um homem embora sem mais nem menos, e se não fosse ele a trazer as coisas com a carrinha, não sei como ia ser.

A Rosinha pensava que tinha de ocupar o seu espaço naquela casa de modo peremptório. Dizia: não me vai aborrecer como a dona Matilde, que ela deixava o filho andar com os homens e a mim queria-me presa como as bichas. O Gemúndio perguntava: com os homens, santo deus. E a Rosinha sentava-se para abrir melhor a boca e contava tudo o que sabia e inventava. Que o Antonino era uma porcaria a borrar as paredes da casa da outra, que era um maricas dos piores, sem Cristo nem redenção alguma. Metia pelo cu a galinha gigante, se fosse preciso. O Gemúndio pensava que o mundo estava ao pé do abismo e que fora incapaz, ele e todos os da sua idade, de deixar o respeito guardado nas cabeças dos mais novos. A Rosinha, falada e cheia, depois dizia que namorava com o velho dos campos e que era normal assim ser, porque aquele casamento estava a arranjar-se e não significava mais do que uma combinação prática que favorecia um e outro. É uma coisa prática, dizia. O Gemúndio azedava-se para dentro e deixava-a ir à porta ao Rodrigues.

O Rodrigues talvez fosse o pai da menina. Talvez quisesse a Rosinha. Talvez um dia a pedisse também em casamento. Talvez fossem, depois, felizes. Usara a sua carrinha para carregar as trouxas, e era na carrinha que segurava como podia o seu coração destroçado. Era na carrinha branca que ele se sentava com o olhar vago, uma linha triste no semblante, uma submissa dor de ver a sua Rosinha mudar-se para a casa de outro homem. Ela explicara-lhe que seria uma boa lição, para que aprendesse a não mentir a outras mulheres por quem quisesse paixões, fazendo-lhes filhos e prometendo compromissos que depois não cumpria com dignidade. Era para que ele soubesse o valor dela, que havia mais quem a queria, havia quem a queria de verdade e colocava honra nisso, um mérito bonito de se ver. O Gemúndio voltava a dizer: é que me faz confusão que fique aí à porta, que não se vá embora, se já foi decidido o que foi decidido, ele tem de ir à sua vida, aqui só há vida para nós. E a Rosinha dizia: nem isto ainda é um casamento, nem ele vai deixar de ser um pai para a minha menina, são afectos, e você não seja chato, que o que lhe vai tocar a si não é de modos a estar com grandes mandos. O homem do cerco tinha autorizado que houvesse cornos. À Rosinha nunca lhe passaria pela cabeça abdicar de se encontrar com o Rodrigues, dava-lhe fogo dele que não acalmava com água alguma.

Quando ela chegou à carrinha branca, o Rodrigues mesmamente calado lá dentro, levava a miúda pela mão e indicou-lhe que lhe estendesse um passou-bem. Depois disse até amanhã, e ele perguntou: venho ver-te ao

158   *Valter Hugo Mãe*

fim da tarde. E ela respondeu: sim, como sempre. Ele acrescentou: trata bem da cria. Como se providenciasse ele, à última hora, o futuro da miúda. A Rosinha tinha uma gula por aquele Rodrigues. Podiam achar as pessoas que ela o queria para o sustento que agora conseguia com outro, mas não seria apenas isso. Gostava dele e fantasiava um amor correcto, um amor que pudesse ser honesto entre uma moça de trinta e cinco anos e um homem de setenta e três. Ela esperara uns oito anos por que ele tomasse uma decisão, mas ele nada. A Matilde sempre a instigá-la contra, que o velho seria um mandrião sem vontades dignas, e ela, pobre de tudo e sobretudo de espírito, acreditava que havia ali um sentimento. Ninguém lho confirmaria. Todos achavam falso que um homem tão mais velho quisesse uma mulher tão mais nova por amor genuíno e sério. É claro que lhe quer as perninhas, ó Rosinha, você das burras só tem diferença na cauda, de resto dá no mesmo, diziam-lhe. Você havia de andar de quatro por aí com o arado que rendia mais do que ser essa estúpida que é. Depois, a Matilde ainda insistia: deixe-se lá dos amores, que tenho passado a vida a ver como os amores não sustentam juízo. A Rosinha, malcriada e cruel, dizia: eu não sou da sua família, ó dona Matilde, na minha família ainda sabemos por onde se ama, que a mim ninguém me faz amor pelo cu. A Matilde morria muito e arrependia-se de falar mas era também como lhe dava para ser mais exigente com a caseira e desejar tão depressa que fosse embora. Não fora nada boa ideia meter uma estranha em casa, sendo a sua casa tão delicada, tão facilmente envergonhada. E a Rosinha encostava-se sonhadora na sachola e acrescentava passados uns segundos: olhe, ó dona Matilde, você um destes dias leva-me com uma coça em cima. Até me tira a sorte de viver. Você, dona Matilde, tira-me a sorte de viver. Acenava com a sachola no ar, tão ameaçadora quanto ridícula. A outra ia fazer de conta que servia em outro lugar do campo para desaparecer e chorar, tão fraca quanto os galhos secos no chão.

Quieta depois de uma discussão destas, a Matilde sentia a inegável saudade do seu filho. Embora o Antonino, sabia ela, fosse quem vinha do gado.

Chorava pelo filho. Acontecia-lhe cara abaixo, mesmo quando sentia que estava só quieta a olhar para alguma coisa. Quem a via sabia bem que aquilo era por ele, embora ela jurasse e inventasse areias nos olhos e alergias às hortaliças. Mas não havia uma mulher do campo de ganhar alergia às hortaliças ao fim de velha. Dona Matilde, diziam-lhe, as hortaliças não arranham olhos nem de cima nem de baixo. As hortaliças são das coisas boas da terra.

Diziam-lhe: livrou-se você de uma coisa má. Mas ela tinha-lhe saudades. Imaginava-o sem a sua protecção. Pensava que talvez estivesse sem comer bem, sem dormir, talvez não tivesse cuidado com o frio da noite, com o peso das batatas, com o zangado de algum animal. O seu menino mau podia estar todo errado, mas perto dela era corrigido nos perigos. A Matilde, afinal, mesmo sem querer, sentia necessidade de saber que estava cuidado. Agora que era um homem, maior urgência lhe dava a necessidade de o saber sobreviver. Pensava: a Isaura vai aceitá-lo. A Isaura vai aceitá-lo.

Enquanto isso, durante essas semanas, assim ficou a Rosinha a adiar o Gemúndio, que já lhe procurava a mão, com os testículos efervescentes e esperançados.

160 *Valter Hugo Mãe*

Mas ela levava-lho a mal, gritava e lembrava que ainda não tinham o nome passado a papel e não era para vadia que ali estava, e que ele tinha garantido ter problemas até para o quotidiano das águas. Você tome-se de tino, homem, tome-se de tino para não me fazer perder a paciência de casar. Ele amargava, atormentado também com a azáfama de haver uma criança por perto, e sentia-se a perder as forças de modo mais acelerado. Parecia-lhe que morrer seria cada vez mais fácil, cada vez mais perto. Amargava com as visitas do Rodrigues, que nunca entrava, ficava à porta com a carrinha ligada, por vezes buzinava para chamar a Rosinha quando esta ia para o quintal e não percebia que ele chegara. O Gemúndio amargava e julgava que estar velho era depositar-se nas mãos dos outros, como para um sacrifício. A cama de um velho podia ser como o altar que se vai floreando lentamente com terços e santos, até que alguém venha cravar a adaga para cumprimento da oferta da alma à transcendência. Via as travessas da cozinha e imaginava que as usariam para recolher o seu sangue, o vinho de deus. Assim se ia calando, encostando sempre as dores aos móveis, frequentemente permanecendo apenas deitado, esperando. Imaginava o seu sangue escorrendo pelas paredes, encontrando pelo chão fora um leito, como lixo, como uma dor impotente e imprestável. Longe da boca redentora e sequiosa de deus.

A Rosinha dizia que era uma decisão definitiva e que teria honra por ela, ninguém havia agora de demovê-la do que fazia. Está feito, confessava, vou casar-me com ele, fico com as fortunas e ponho lá a minha cria para sempre, que se a casa é mesmo dele depois passa a ser mesmo minha. O Rodrigues perguntava-lhe: e como esqueces o que tínhamos. E a nossa miúda. Ela ajeita-se nas mamas, que eu dou-lhe um abraço de mãe, dizia. Sou muito afectuosa, não lhe falta nada. Fazia um gesto brusco no ar com os braços e respondia zangada: a cria, graças a mim, cresce. Se dependesse de ti, ela havia de crescer nas paisagens, a ser ferrada pelos bichos e a grunhir como os lobos. Tinha de ser uma inequívoca forma de amor, aquela de a Rosinha maltratar o Rodrigues porque, se não fosse amor, seria mais fácil mandá-lo embora de boca calada para sempre.

Nada disso. Se não lhe ficava indiferente era porque esperava ainda que ele a resgatasse daquela loucura, que ele a convencesse de que o seu pouco dinheiro era mais futuro para si e para a filha do que as fortunas do Gemúndio. Quem me dá mais futuro, repetia ela, não sou uma estúpida de ir com um homem que já me mostrou que não me garante. Não sou uma estúpida. Agora tenho um serviço muito simples, esperar, enterrar o velho e seguir como se o juízo fosse uma coisa abundante do mundo e estivesse em toda a parte. Até para quem é pobre, para deixar de o ser. Foi a dona Matilde quem mo pôs na cabeça e tem razão, é uma questão de juízo. O Rodrigues amolecia todo e insistia: Rosinha, um velho pode ser um atrito ainda grande no tempo, pode demorar a passar, nem sempre se gasta como parece. E se demora, e se ele se põe aí vivo como novo depois de casado e te dá um susto. Não me assusta uma coisa daquelas, dizia ela, e tempo tenho eu muito, como o tempo que eu te ando a aturar para nada. Rosinha, assustava ele, ainda te candidatas a uma eternidade de casamento, a rondar de enfermeira o homem e ele a pedir-te as mãozinhas para lhe focinhares os bolsos das calças.

A Rosinha saía da carrinha e despedia-se voltando a entrar em casa. O Gemúndio deixava a janela por onde, discretamente, espiava a futura mulher nas conversas com o agora amante.

Até que um dia foram de manhã cedo ao registo para assinarem os papéis e jurarem um compromisso. A cerimónia decorreu em minutos e pouco havia para fazer ali. A dona Matilde estava presente, mais a cria da noiva, o Rodrigues e o homem do cerco, e estava o senhor Giesteira, naturalmente sem a mulher louca, bem como umas quantas pessoas desconhecidas que serviam para testemunhas de que a Rosinha se fazia à vida de uma vez por todas. Casaram-se e meteram-se na carrinha do Rodrigues, que chorou todo o tempo, para fazerem caminho até casa como em compasso de festa. O Gemúndio resmungando pela decisão de se deslocarem naquele veículo, com aquela companhia, e a Rosinha fazendo orelhas moucas, arranjada de pinturas e tudo, a sentir-se uma senhora no vestido que a antiga patroa lhe metera.

Na noite anterior, a Rosinha havia morto a galinha gigante. Fora uma dificuldade grande a de abater o bicho, porque era de uma envergadura de pasmar e só com um machado havia de se conseguir cortar-lhe o pescoço. Com a miúda a segurar a cabeça ao bicho como podia, o pescoço pousado sobre um toco de madeira no quintal, a Rosinha cavalgava a galinha para apertá-la entre as pernas e assim imobilizá-la. Depois, sempre de machado, desferiu um sem-número de golpes até que a miúda se pôs a andar de um lado para o outro entusiasmada com a cabeça solta do animal, como um troféu, uma prova de algum poder superior ou inteligência admirável. Ficaram cobertas de sangue. Restara ali o pescoço tão largo como uma torneira aberta por onde a galinha expelia as últimas dores e a estupefacção da morte.

O FILHO DE MIL HOMENS 163

Ficaram cobertas de sangue, e a Rosinha dizia que era um estupor de galinha, uma aberração, que nunca se vira uma coisa daquelas e nem era de se ver. Mais valiam quatro ou cinco das boas do que uma a dar tanto mais trabalho. O Gemúndio sentara-se à porta da cozinha, a ver e a lamentar. Ela mandava-o calar-se, que lamentar a morte de um animal que se ia comer dava azar, fazia com que morresse mais devagar e azedava a carne. O homem acreditava que um bicho daqueles era como uma raridade valiosa e dava pena matá-lo e dizia até que nem era carne para gente, se vinha de um bicho tão mágico, havia de fazer mal comer aquilo, havia de ser venenoso ou proibido por alguma lei. Mas a Rosinha era do contrário, via a galinha a comer muito mais do que as outras e a fazer mais barulho, tinha de proporcionar uma refeição mais escolhida, e melhor escolhida do que o almoço de festa do seu casamento não podia haver. Esta galinha há-de saber a um manjar dos deuses, gritava ela eufórica. Foi buscar um panelão enorme que a Matilde lhe emprestara e, pegando de um lado e a miúda do outro, lá levou a galinha gigante a ferver em água para depois a depenar.

No dia do casamento, de volta a casa com os convidados de boca aberta de fome, a Rosinha estava orgulhosa por oferecer um banquete como nunca até ali tivera condições. Havia estendido uma toalha menos velha na mesa, dispusera os melhores pratos e os melhores copos, arrancara do terreno umas flores silvestres que pôs numa pequena jarra branca que levou ao centro. Olhava para a sua sala e enchia-a com as pessoas, a sentir-se toda esperta e contente. Depois, mandou-os conversarem uns com os outros porque ia terminar os preparos da galinha para comerem. Cortada em mil pedaços e desfeita em boas doses, a galinha precisava apenas de aquecer, apurar os temperos, aloirar um bocado. Ficaria uma delícia, era garantido, porque a Rosinha deixou-a cozer muitas horas, não fosse a bruta galinha ser musculada como os cavalos e persistir dura ao dente. Enquanto assim a cozinhou, a Rosinha provou uma e outra vez a carne para ver como sabia. Estava quase histérica com a vitória daquele casamento, com a decadência do velho, que já não lhe daria trabalho nenhum, e com o brilharete daquela festa. Ela estava feliz, e provava a galinha e ria-se e tinha tonturas, bebia um pouco de vinho, ria-se, acrescentava sal e enxotava os convidados para a sala e dizia que não precisava de ajuda, que estava tudo bem. O Gemúndio encolhia os ombros e repetia mil vezes que aquela era a galinha gigante que lhe aparecera no quintal numa noite de temporal. Era a galinha que iam comer, e os outros entreolhavam-se como não sabendo se aquilo era um lamento ou uma simples afirmação. E ele esperava para ver como seria, a que saberia aquele animal impossível que a Rosinha tivera coragem de matar. E a Matilde gritava: ó Rosinha, então esse frango não vem. Daqui a pouco tenho de ir dar de comer ao gado e estou a ver que não saio daqui tão cedo. Os outros riam-se e punham-se com o ar relaxado de quem aproveitava o domingo, e a Matilde explicava: as vacas não vão à missa nem sabem ler o calendário, se não comem hoje estragam-se todas de famintas, ó senhores, é uma pena, mas é verdade, o gado também come ao domingo, e se não o deixamos ir aos montes temos de lhes levar tudo à boca. A miúda andava para trás e para diante espevitada, estava encantada com o bom resultado daquela vida nova, subitamente estavam de senhoras dentro de uma casa a mandarem em coisas e a receberem pessoas como só quem tinha direitos podia. Foi ela quem foi outra vez à cozinha insistir: ó mãe, estão ali as pessoas a querer comer. E ela respondeu: ajuda-me aqui a levar a travessa, tens de segurar em modos, que isto é pesado. Ui, tanta comida, exclamou a miúda. E ainda aqui fica muita, se for para repetir, disse ela, e depois acrescentou: espera. Levou a mão direita à cabeça e a outra à esquina da mesa e equilibrou-se. Que foi, perguntou a miúda, o que foi, mãe. E ela respondeu: é só uma tontura, foi de estar agachada ao pé do forno. Isso são os copos, mãe, que eu bem vi a garrafa que ficou vazia. A Rosinha esticou a perna a ver se chutava a filha, mas a miúda fugiu e o pé foi-lhe apenas ao ar e voltou ao chão para nada. Ela inspirou fundo, agarrou novamente num dos lados da grande travessa e ordenou: segura bem desse lado, estafermo de rapariga, que se isto cair ao chão levas tantas que te vais ver a descer pelos canos do cu. Assim levaram a travessa para a sala onde todos convergiram para a mesa atacantes e apressados. O Gemúndio, numa cabeceira, ergueu-se com o brio possível até que a Rosinha se pusesse no seu lugar também. Depois fez um qualquer cumprimento como a felicitar-se pela ocasião. Parecia comunicar a todos o que era tão óbvio e não tinha enfeite, estavam casados de socorro mútuo, o que talvez pudesse ser uma espécie de amor pela vida e, por sobra, um amor entre um e outro. Apenas por sobra, quase sem querer, mas porque era necessário. Perguntou, em seguida, à esposa se quereria dizer também umas palavras simpáticas aos amigos ali reunidos, e ela voltou a levantar-se, sorriu, disse que estava um bocado zonza e sorriu outra vez como embriagada. A miúda, a medo, não comentou, mas elevou-se um pouco da cadeira como se fosse de ir segurar em alguém a cair. O Gemúndio aconselhou: talvez seja melhor comermos então, deve ser fome. Assim que o disse, a Rosinha tombou à mesa, a cara estatelada sobre a enorme galinha desfeita como se lhe entrasse pelas entranhas adentro. Pelos canos do cu. A Rosinha morreu. Todos se inclinaram para trás e assustaram. Ficaram subitamente calados e imóveis, sem poderem acreditar no que acabara de acontecer. O Gemúndio, ainda de pé, disse que achava que a carne daquela galinha não se podia comer. Era de um animal mágico que, morto, haveria de amaldiçoar toda a gente. Caiu sobre a cadeira a sentir um desespero grande por regressar tão cruelmente à viuvez e ao assombro da idade. O Rodrigues, também viúvo, levantou-se depois e, chorando em convulsão, disse que ninguém tocava na sua Rosinha, que haveria de ser ele a salvá-la de tão grande morte. Se fosse de haver uma porta entre eles, o Rodrigues passaria sem medo entre um lado e o outro para a reclamar de volta. A porta, contudo, não se via em lado algum. Revirada a Rosinha, a clausura da matéria era por toda a volta igual. Estavam os vivos fechados do lado de cá de tudo.

A Matilde agarrou na cria. A cria deitava os olhos absurdos sobre o corpo da mãe e não dizia nada. Chorava. A Matilde perguntou: tu afinal como te chamas, rapariga.

O FILHO DE MIL HOMENS   167

CAPÍTULO TREZE
A CRIA

Mininha, nome pequeno de Emília. A Matilde de imediato tirou a cria dali. Não era boa ideia que apreciasse ao pormenor a morte da mãe. Não era de ver. Bastava que se soubesse, que se confirmasse e ficasse sabido. Arrastou-a e pôs-se a caminho de casa, como largando tudo, deixando tudo para que outras pessoas cuidassem do que ali se abreviara. Alguém que cuidasse do que ficara parado, que agora importava à Matilde, por instinto, tirar dali a miúda, como se à cria lhe coubesse uma mãe por substituição, uma mãe urgente, porque na vida de uma criança tudo urgia.

O Rodrigues foi quem aos abraços separou a Rosinha da galinha gigante espalhada em pedaços corados do açafrão.

Separou-a aos abraços num pranto sonoro, dizia que a sua flor se finara, uma flor como nenhuma, que por imprudência finara. Que tolice tão grande a de ter comido carne do animal mágico, que tolice só possível a quem vivia uma euforia sem pensar em mais nada. A euforia foi que a pôs de burra, pensava o Gemúndio a voltar para viúvo e encalhado no mesmo desarrumo.

A Mininha não sossegava. Tinha ventas e era malcriada e queria ir ver o que faziam à mãe, onde a punham. Mas, quando se soube, estava já metida numa caixa, arrumada de flores e perfumes para fazer de conta que a morte era uma coisa bonita. Estava como um enfeite ao centro da capela, bem-comportada, sossegada. A Mininha foi-lhe ao pé mexer na caixa, remexer nos panos, ver em que se tornara a Rosinha e só depois chorou convencida de que dali já não saía para casa. Achava, numa esperança razoável, que pudesse ter sido um engano e que, desenganada a coisa, a mãe se levantaria e buliria para cumprir o resto da vida. Mas a vida atalhara-se.

A capela vazia deixava que exalasse a alma com largura e paciência, e os poucos que ali acorriam rezavam breves e breves partiam, já desimportados. Quase nada importava a morte de uma caseira gananciosa. A filar os velhos pelas fortunas e mais vacas ou menos vacas, acabara de enfeite na capela, mal pintada pelos cangalheiros que, com duas moedas de pagamento, também não enchiam barriga nem deitavam bágoa. A Mininha sentou-se, pediu à Matilde que a deixasse sentada, ao menos sentada sem pressa e sem sermão, e a Matilde foi encostar-se à porta a contar pelos dedos os anos, os quartos da casa, os quilómetros para a escola, os beijos dados ao Antonino, o infinito do amor por um filho, os pacotes de leite por mês, as arrobas de batata a sacar, as palavras direitas para oficializar na repartição o encargo com a cria, o casmurro da cria até que compreendesse que estava a tentar ajudá-la. Passava dedos para trás e para a frente e sem que apreendesse rotundamente o significado do que estava a decidir. Contava e as contas de alguma forma escondiam-lhe o resultado. Talvez não estivesse ainda preparada para se inteirar ou para assumir o resultado. Depois, atónita, olhou para a rua, o céu claro de muita luz e o dia tão normal, e a Matilde disse-o no pensamento: tenho uma filha. Estava a decidir por uma filha, como se lhe nascesse com sete anos, um atraso, mas ainda muito futuro em compensação. Elevou as mãos num abraço e não contou mais pelos dedos se seria demasiado velha para aquela alegria esquisita, para aquele compromisso grande, para a abundância imposta por amar-se uma filha. Era necessária uma abundância de tudo, matéria, espírito e idade, para regressar ao tempo de educar alguém. Não quis contar, nem pelos dedos nem por alto, o quanto arriscava com aquele sentimento, o quanto se vulnerabilizava, talvez tola, por uma esperança nova de voltar a ser mãe.

Era porque lhe estava colocada uma segunda oportunidade para a educação. Poderia certamente atentar melhor em cada perigo e desviar-se das frustrações. Com uma cria, recomeçava cada coisa, recomeçava a maternidade, e podia afirmar com rigor um cuidado de valores que ratificariam a sua existência como uma benignidade integrada socialmente, com brio para ser discutida por qualquer um numa compaixão genuína. A Matilde viu o normal do dia, a azáfama de quem passava ao largo da capela no quotidiano alheio, e suspirou. Nesse suspiro, entrou. Marchou como numa formação militar, como por ordem superior, e assim com segurança até ao pé da Mininha. Sentou-se. Deitou-lhe os braços por cachecol leve e incondicional. Assim se enterneceu. Chorou depois, como qualquer mãe choraria por alguém que faltasse tanto a uma filha sua. A Mininha ajeitou-se ali, aninhada naquele corpo que generosamente se oferecia e, sem falar, pediu ajuda.

Estava de longe o Antonino, a ver como ia à terra a

caseira. A Matilde já o percebera. Algumas pessoas talvez o tivessem percebido também. Estava por ali o filho maricas da dona Matilde, era o que pensavam. E pensavam que parecia um bocado escorraçado, porque ficava de longe e ao perto vinham uns poucos sempre por curiosidade com a morte. Queriam certamente que a terra respondesse, que aberta a cova funda se ouvisse por eco uma voz que garantisse alguma coisa acerca do lado de lá. Mas, esburacado todo o cemitério, tanta gente ali enterrada, nunca resposta alguma era devolvida, nem para susto nem para sossego dos que ficavam. O filho maricas da dona Matilde, pelos falhos das grades do cemitério, espreitava a sua mãe toda entornada sobre uma menina. Era como lhe dissera o Rodrigues, que a cria da Rosinha ficava para filha da Matilde, porque a Matilde lhe punha gosto e a poderia fazer vingar melhor do que ervas daninhas. O que o Rodrigues queria dizer, por nojo e muita ignorância, era que a Matilde criava qualquer coisa, depois de ter criado um bicho daqueles, daqueles como o Antonino. Amansava tudo, dizia ele. A sua mãe há-de amansá-la até ser adulta. Depois logo se vê se, feita mulher, tem cabeça para ganhar a vida ou se não presta. O Antonino respondeu: não sou nenhum bicho, eu. O velho fungou. O filho da Matilde reclamou: para que me veio falar, seu velho mal-educado. O Rodrigues, superior nas virilidades, virou-lhe a cara, superior na dignidade também. O Antonino pensou que era, de todo o modo, um ser arreliado e que precisava de amansar. Amansou como pôde. Triste. O Rodrigues reentrou no cemitério. Confessou depois que deitarem a Rosinha à terra tinha sido como ser de terra o seu coração. Como se a deitassem no peito do homem, exagerado e muito falso. Era com certeza uma poesia de velho. Em pouco tempo, umas e outras haveriam de se pôr em fila para que as escolhesse. Com casa alugada ou não, um amante e uns tostões faziam falta a toda a gente, e ele, também pelas carências, não resistiria nem veria por que resistir. Era verdade que podia carpir nas camas novas o antigo amor. E carpir numa cama nova era sempre um alívio maior.

O Antonino andou.

Pela rua abaixo, não sentiu nada que a mãe o desfizesse para recomeçar com a menina, como se ele não fosse mais nada e as duas fossem tudo, inteiras, completas. Sentiu antes que a mãe poderia voltar ao amor incondicional, a um tempo anterior às indiscrições sociais, para se sensibilizar com a plenitude de perfilhar, com a plenitude de desculpar e nunca abandonar. Sabia que a Matilde era a mãe perfeita. Porque depois de tanta solicitação, não o rachara a meio nem o subira num pau. A Matilde esperara como esperaria a vida inteira. Ainda que o impasse existisse e a cada gesto a loucura estivesse à espreita. Mas a Matilde nunca enlouqueceria. Era algo que garantia por amor. Por amor, ela nunca enlouqueceria. Era uma mãe perfeita.

Mas deixava-lhe um ciúme. Um ciúme que era já uma saudade de ter lugar no colo dela, de ter lugar no incansável dos seus dias. No incondicional. O Antonino desceu a rua, e desciam também as bágoas, e ele mais intenso se sentia e mais complexo, entre chorar dessa saudade como de uma alegria ao mesmo tempo. Era uma alegria acima de tudo o que sentia, por saber a Matilde nesse início. Como um sinal de vida. A Matilde dava um sinal de vida, depois de tantos anos parecendo votada a livrar-se das últimas obrigações e a desistir. Com a cria pela mão, a Matilde não podia mais desistir. Escolhia participar ainda, esperar ainda, ter esperança, acreditar que a cada oportunidade poderia optar melhor, ser melhor, ser mais feliz. Era essa a ideia grande do que acontecia. A Matilde podia voltar a ser feliz. O Antonino, por antecipação, chorava de ciúme e felicidade.

Talvez os homens maricas o fossem por sofrerem demasiado com coisas nenhumas. A Isaura surpreendia-se com esse pensamento. O Antonino por casa a contar-lhe como estavam as peripécias da sua vida e aquela emoção constante, e ela a achar que ele era delicado, a escolher sofrer meticulosamente por cada assunto, como se em cada assunto da sua mãe estivesse em causa o seu lugar de filho. Como se fosse filho da Matilde ainda antes de pensar em si como um homem adulto, despegado de cordões umbilicais, saias e saiotes. Era delicado. A Isaura chegou-se perto dele e investigou a expressão honesta do seu rosto. O modo como se expunha diante dela e a tratava como uma amiga. Ela nunca fora amiga de ninguém. Vivera encurralada entre os pais, o gado, as hortaliças e o amor dos infelizes. Via agora como se tornavam estranhas as pessoas que falavam de si, as pessoas que formulavam um discurso, as que diziam isto ou aquilo. Via agora como parecia elementar àquele homem que desabafasse aqueles segredos, que livrasse a boca das palavras, porque ao menos as palavras partiam e partiam de dentro do peito, aliviando o peito, fazendo-o pesar cada vez menos, como num certo milagre da confissão. Ao menos as palavras iam embora, desapareciam a cada instante, talvez metidas para uma liberdade que merecessem por terem tido a coragem de comparecer. O Antonino, tão menino, como um António sempre pequenino, talvez fosse maricas por gostar tanto da mãe, por entristecer tanto por lhe ter morrido o pai, por se perder muito, como sempre a precisar de fazer o caminho para casa. Nessa altura, a Isaura poderia ter-se emocionado. Nunca se sentia a Isaurinha, uma Isaura sempre pequenina, enterrara os pais e esquecera-se deles, como se lhes quisesse apenas maldade, e ela pensava sempre que era uma má pessoa, era talvez má pessoa. E queria muito ser de outro modo.

Quando se sentaram no sofá do Crisóstomo, os três engraçados diante da mesinha com as torradas e o doce de abóbora, o Antonino contou que era por ciúme. Sorriram. Dito assim, parecia uma coisa tão bonita. A Isaura confessou que tinha ciúmes dos bichos quando era pequena. E depois riram-se outra vez. Achava que cada galinha devia seguir os seus passos numa paixão ou respeito inesgotável. Fosse por amor ou apenas fome pelo milho, ela queria acreditar que importava mais a cada bicho do que outro bicho ou outra pessoa qualquer. Ficava enfunada quando não lhe faziam caso, ignorando mesmo a mão--cheia de milho que haveria de atirar pelo ar. Enxotava as galinhas com os pés e chegava a falar-lhes de má, a ver se tinham sentimentos que pudessem ser magoados.

Depois, sim, os três riram-se. Mas uma menina pequena não seria nunca substituição para um homem adulto, dizia o Crisóstomo. Subitamente, talvez pelo contágio das conversas todas, desde o azul do mar e do céu até à frustração dos mirtilos, desde as conversas acerca dos ais e até às das coisas que as pessoas diziam, o Antonino acreditou que podia gostar de estar ali. Gostou de estar ali e disse: tenho saudades da minha mãe mas não quero voltar. Quero partir. Por isso preciso tanto de saber como está, como fica, e se me deixa partir a bem porque a quero muito. A Isaura elogiou que tivesse arrancado os fetos das floreiras da casa. Estavam abertas as camélias e os agapantos. Tinha posto buganvílias a cair da parede abaixo e as buganvílias eram as mais extravagantes das flores. Havia muita coisa certa no trabalho do Antonino. Quando falou da morte da Rosinha e da adopção da Mininha pela Matilde, ele apenas denunciou o carinho que esperava do mundo. Tratava as coisas todas como se as coisas todas fossem para melhorar. Era triste que ninguém tivesse percebido isso até então.

CAPÍTULO CATORZE

O FUNERAL DO ALMOÇO DE CASAMENTO

Entretanto, o Gemúndio decidiu urgente o funeral do almoço do seu casamento.

Travessa completa, batatas e hortaliças. Juntou tudo como pôde o que era da galinha, e vazou tudo numas madeiras que pregou. Não era nada de muito direito nem punha beleza, mas continha a travessa toda e ainda o que sobrara no panelão e mais o que estava no lixo, as penas e as peles duras e a cabeça de olhos esbugalhados e vazios. Atirou mais os panos da cozinha, as facas, o machado e quanto pudesse ter sangue ou outro resto da morta. Fez o funeral do almoço, a ser servido à natureza para que esta tomasse rédeas do que lhe pertencia. Igual a estar a pôr a mesa meio metro abaixo do chão. Queria enterrar o animal mágico porque entendia que havia de ter por ali uma alma ou réstia de espírito e não gostava de pensar que penasse numa zanga. Para ele, um bicho assim caído no seu quintal por uma tempestade podia ser exactamente um anjo, porque ninguém havia de garantir que um anjo era obrigado a ter melhor aspecto. E nem era de ser feia, aquela galinha disparatadamente grande, era só por não ser o que se esperava de um anjo, mas o Gemúndio, com muitas dúvidas e tão às portas da morte, não queria arriscar ter a braços uma coisa divina e maltratá-la.

Andou pelo quintal a ver um lugar mais empertigado. Um que desse para melhor cemitério de uma coisa de honra. E lá decidiu que entre onde cresciam as flores silvestres havia de ser o mais bonito. As flores silvestres significavam uma generosidade de beleza que os campos tinham para com toda a gente. Sem esforço, sem muita preocupação ou plano, as flores cobriam todas as extensões e faziam uma calma festa que alegrava quem não fosse má rês. A galinha mágica, por vir de anjo ou outro ser com superioridade, ia ainda assim achar bem o lugar e aceitar o perfume, o efeito gracioso da terra aberta para cemitério único, um cemitério só seu no espontâneo do campo. A caixa pousou. O Gemúndio observou-a como se ainda esperasse entender o que ali deixava para sempre, e depois cobriu de terra a cova e afastou-se. À noite, teve um pesadelo terrível. Viu os bichos subterrâneos a comerem o cozinhado da galinha e viu como se tornavam monstros e cresciam também para gigantes do tamanho de casas. Sonhou que brotavam da terra os escaravelhos e os besouros, mais os corta-lumes de patas dentadas, e sonhou que lhe passavam metros acima da cabeça e começavam a devorar tudo o que estava no caminho com bocas na extremidade de estômagos infinitos. O Gemúndio acordou e ainda achou ver o fantasma da falecida Rosinha. Tão aterrorizado ficou, nem se mexeu para ir à cozinha encher um copo de água e tomar o seu calmante. Ficou com a luz acesa, a cabeça sob os cobertores e as pernas a tremer. Assim esperou que fosse dia e o sol lhe provasse que os bichos da terra não haviam mudado para monstros. Seguiam no esterco e sossegados, para bem de toda a gente. O Gemúndio teve a certeza de que não se podia brincar com a memória do animal mágico. Foi deitar-lhe

178   *Valter Hugo Mãe*

flores à terra e até lhe rezou. Pediu a quantos santos havia para lhe tomarem a alma e lhe acolherem as graças. Só depois, como um crente submisso, teve coragem para seguir com o dia. Parecia-lhe, embora desconfiado, que se desculpara num jeito digno de perdão.

A Matilde e a Mininha foram à casa do velho, entrouxaram tudo de novo e despediram-se com alguma demora. Queriam sair dali, não lhes fazia bem a casa, o cheiro da casa, nem mesmo saber que a galinha estava enterrada adiante com honras de flores e cuidados contra os cães que se punham a chafurdar para enterrar ou desenterrar ossos e mijar. Queriam sair. Arranjaram ajuda com o homem do cerco e encheram-lhe o carro e até esqueciam por ali coisas de que não precisavam ou não queriam precisar. A Matilde dizia: obrigada, agora está tudo, obrigada e boa sorte para as suas coisas. E o velho demorava-as, queixava-se numa lamúria, como se estivesse a atá-las por uma corda para não saírem. Dizia: mal posso com as pernas, tenho por dentro tudo a partir, que já faço pó no esqueleto, e agora com esta idade, sem outra ajuda, quem me vale. O homem novo do cerco dizia-lhe: ainda há-de haver outra caseira, há muita mulher por aí, senhor Gemúndio, em dois dias vai ver que lhe surge solução. O que não seria verdade. As mulheres não queriam facilmente um velho tão estragado, queriam um que lhes desse boleia e contasse histórias e tivesse uns trocos. Aquele já era outra coisa, sem liquidez e sem genica, não tinha conversa, só tinha trabalho para dar e promessas para depois da morte. Estava a enterrar uma segunda mulher em tão pouco tempo, não tinha bom augúrio.

A morte afligia muita rapariga nova. As raparigas novas que ficavam por pegar aceitavam os velhos enquanto lhes parecessem de alguma valentia, mas andar ali a rondar-lhes a morte, tão ao pé de eles se finarem, fazia impressão a muitas, que preferiam viver mais remediadas a viver como bichos de comer cadáveres. O Gemúndio deixou-as partir, quase chorando. A Matilde, que vivia dias de surpreendente rejuvenescimento, ficou pelo canto do olho a ver como o velho homem se entortava de emoção. Foi pensar para longe dali. Agarrada às trouxas e à mão pequena da cria, a Matilde foi pensar. O homem do cerco dizia: com tanto mundo e tanta gente, ainda há quem não tenha terra e quem não tenha ninguém.

Quando a Matilde voltou à casa, o velho estava aflito e todo ao contrário. Perguntava se havia vida antes da morte, como se ele próprio existisse só nas palavras, fosse uma retórica sem autonomia. Dizia a coisa absurda e a Matilde perguntava: você não tem fome. Ele abanava a cabeça em sinal afirmativo. Ela respondia: então é porque está vivo e ainda não lhe deu a morte, que a gente com a fome não nos dá para conversas tolas. Um bom prato e você arrebita.

Talvez quem não conseguisse prever o seu próprio destino fosse por viver ofuscado com o frívolo da vida. A Matilde ponderava. Talvez só não acedesse ao conhecimento lúcido do destino quem passasse na vida como um charlatão, habituando o pensamento a uma superficialidade que falseava os instintos mais genuínos. Seria um modo de desbaratar, uma leviandade a transformar a fortuna de viver numa participação cínica ou anestesiada na criação. O homem do cerco sorria todo, também estava de cristandade feliz ao levar no carro o velho Gemúndio ainda pasmado e a Matilde muito decidida. Ele perguntava: ó dona Matilde, isto para si também é cá uma surpresa, muda-lhe a vida toda. E ela dizia: o que nos muda também nos aumenta. Queria dizer que obrigava a um crescimento interior e espevitava o engenho e a robustez para a sobrevivência.

Não quereria casar com ele, nem preocupar-se com ficar-lhe herdeira de casa e terrenos e quantos porcos e vacas tivesse. Pensava que seria fácil deitá-lo no quarto que fora do Antonino, levar-lhe umas sopas nas refeições, umas carnes picadas e uns pães de forno, e deixá-lo entregue ao tempo dele, a sossegar para ver se morria sossegado. Pôs-lhe sobre a mesa-de-cabeceira a fotografia da mulher, da verdadeira de muitos anos, e afiançou-lhe que o ouviria se ele a chamasse. A Mininha foi à cozinha dizer à nova mãe que ainda estava arreliada, mas que havia de ajudar com alguma coisa. E a Matilde explicou-lhe que não se dizia arreliada, dizia-se triste e um bocadinho zangada. Porque arreliar-se era uma falta de educação. A criança estava arreliada porque não compunha dentro do peito os sentimentos. Era mal organizada nas dores como os bichos.

A Mininha disse: antes de um vulcão explodir, as cobras afastam-se, e se houver um rio ou mar no caminho, as cobras afogam-se. A Matilde baixou-se aos olhos da cria e limpou-lhe uma bágoa. A rapariga explicou: parece que vai tudo explodir. O medo fazia-se assim. Um medo feito de tristeza que tornava a menina arreliada numa pessoinha a vacilar, como novamente de colo, como outra vez antes do que já era. A Matilde percebeu que estavam as duas num recomeço, que era talvez mais fácil que recomeçassem então a par, cúmplices. A Matilde perguntou: e como sabes tu isso das cobras e dos vulcões. A cria respondeu: lembro-me, mas não sei de onde. A Matilde jurou: vamos ficar bem. Era sabido que praga de mãe adoptiva não pegava, mas talvez pegassem as bendições. Na vida pequena da cria, a intensidade de cada instante mandava-a crescer. O coração crescia-lhe, e a tristeza, muita e verdadeira, ia-lhe para o juízo.

A Matilde preparou-lhe uns cadernos e foi levá-la à escola. Sempre acreditou que era preciso que fosse à escola. A cria não estrebuchou. A Mininha perdia, a cada instante, um pouco da sua má-criação.

E a Matilde dizia: tu olha para os rapazes, cachopa, vê como são bonitos. A miúda ria e ainda achava os rapazes palermas e muito infantis. A Matilde insistia: são bonitos, rapariga, os rapazes são bonitos. Tens de aprender a olhar para eles.

Nessa altura, a Isaura penteava-se muito. Comprara enfeites novos, de cor para a pele e de prata para as orelhas. Ao sair à rua, ainda tão magra e frágil, ela sentia que competia por fim com as galinhas e com os outros animais irrequietos e apelativos. Achava-se uma coisa de ver. Perguntava-se a si mesma sobre quem seria burro de não querer ver uma mulher assim, diferenciada pelo cuidado de parecer bem. Ia aos bichos e às hortaliças, mas o verniz das unhas não se desfazia em qualquer gesto, e punha o cabelo para trás da orelha, sentia os brincos pendurados, não os perderia. Competia, sim, com os animais, que entre gostarem dela ou virem pelo milho pareciam reparar que estava de alegrias. Davam-lhe alegrias e ela pensava no Crisóstomo e acreditava que estar assim numa expectativa boa e tão grande era um contágio para todas as coisas. Por isso, ao chegar-se ao portão largo da frente, viu a Matilde com a Mininha pela mão e gritou. A Mininha levava os cadernos e desciam ambas para a escola na vila. Quando a Isaura gritou por elas, o seu entusiasmo inusitado mudou o mundo.

CAPÍTULO QUINZE
O CRISÓSTOMO AMAVA POR GRANDEZA

O Crisóstomo dizia que talvez para os campos as pessoas fossem mais atrasadas, porque ali ao pé da água já se via de tudo e os maricas não tinham novidade nem ofereciam alguma ameaça. Os maricas eram como gente mais colorida a alegrar os passeios. O povo podia rir-se mas não queria fazer grande caso. Só era necessário isso, não lhes fazer caso. A Isaura, que mudara o mundo com o seu entusiasmo, disse que não concordava. Disse que o Antonino era o melhor ser humano de todos porque chorava e se magoava com as coisas e disse que era essencial aprender a prestar-lhe atenção. O Crisóstomo, no friso do sofá, sorriu e o Antonino chorou. A Matilde, ao menos a Matilde, precisava de entender isso também. Que levasse a vida pela cria mas pacificasse o seu coração com o filho adulto, o filho que já lhe crescera.

Quando o Crisóstomo teve a ideia de fazer um jantar, a Isaura pensou nos palácios dos filmes, nos banquetes dos convidados aperaltados e com lustres pendentes como cascatas imensas de diamantes. Olhou a casa do pescador e achou que poderiam fazer algo exactamente igual. A mesa, esticada com a mesa da cozinha também, as cadeiras intercaladas com os bancos, as travessas com tostas e doce de abóbora para fazer vista, e depois podiam grelhar peixes frescos e cozer batatas e até matar um dos bons bichos de que cuidava no seu terreno. A casa do pescador, aos olhos da Isaura mudada e no mundo novo em que vivia, estendia-se como rendada pela espuma do mar e era o melhor palácio, um palácio feito pela felicidade com os lustres pendurados na electricidade do coração.

E ela disse: amanhã. Ficamos a conhecer melhor a cria, oferecemos-lhe o boneco dos botões e misturamos as famílias a ver como se faz festa. O Antonino lembrou: e o velho Gemúndio. E ela disse: que venha também. O Crisóstomo abraçou o boneco do sorriso de botões e sorriu também, beijou a Isaura e pensou que era uma boa ideia. Abraçou o boneco, e o Antonino perguntou: posso misturar-me na vossa família. A Isaura disse que sim, fazendo um esforço genuíno para ser uma boa pessoa. Tão genuíno foi que a Isaura abraçou o Antonino. Ele chorou.

O Camilo, contudo, disse que não. Compreendia talvez que o Antonino seria inofensivo, apenas repulsivo e não propriamente um predador, mas misturado com o Crisóstomo e com a Isaura tornava-se uma qualquer ameaça. O Crisóstomo nunca poderia bater no rapaz pequeno. Não o podia defraudar nos cuidados e no amor que lhe tinha, mas o olhar triste disse-lhe o quanto desaprovava o que dissera. O Camilo saiu. Ficou envergonhado. Era, afinal, mais criança do que devia ser. Foi contar conchinhas e pensar nos cães para domesticar. Pensou em jogar à bola. Pensou em nadar. Mas, por mais que pensasse, só corava, porque voltava ao momento em que o pai o encarara tão infeliz. Corado, perdia a vontade de fazer o que quer que fosse.

Naquele dia, a Isaura foi sentar-se e pôr flores na campa da Maria. Não rezaria, mas pensou em como haviam vivido as duas perdidas uma da outra e em como talvez fosse fácil ter sido tudo melhor. Parecia fácil agora corrigir cada erro do passado, sobretudo para não permitir que cada erro contagiasse o resto, destruindo cada instante e cada gesto sem retorno. Sob a terra, a Maria estaria já sem enfeite e sem vaidade, sem disfarce para coisa nenhuma. No silêncio, naquele silêncio, a Isaura pensava que talvez se definisse a vida. Tudo era antes do silêncio. Tudo era pressa e urgência. Tomou a Mininha, ali tão agarrada à sua mão, e disse-lhe: não estás sozinha, pequena, tens a mãe Matilde e a tia Isaura, tens o tio Antonino e o tio Crisóstomo, e ainda levas com o primo Camilo que te pode ajudar na escola. Estavam já as famílias misturadas como podiam. A cria quis ir à campa da Rosinha, lá se teve a chorar como se pela primeira vez soubesse da notícia e assim lhe sentiu a falta inteira. Depois, um muito de tempo depois, acalmou e pensou que já podia sair dali, podia sofrer fora dali.

A Isaura encanou pelo atalho e chegaram à casa na praia. O homem do cerco fora buscar o Gemúndio e a Matilde, por simpatia. E com a simpatia juntava-se ao jantar. Escolhera umas garrafas do seu vinho e envaidecia-se pela alegria de achar que fazia o melhor tinto da terra. Era um tinto de bom sangue da uva, que muita uva não sangra nada, dizia ele. No garrido da garrafa, saltava aos olhos a espessura do líquido, como um néctar superior. A Mininha perguntava: é hoje que bebo.

Entre o reboliço em que ficou a mobília, distribuíram-se os convidados um pouco à vontade mas com cerimónias simples e tantas atenções. Estavam uns mais altos e outros mais baixos, porque os bancos tinham pernas longas e as cadeiras tinham pernas bem mais curtas. Com o mais alto e o mais baixo de cada um, a mesa tão improvisada tinha o popular dos arraiais. Parecia um carrossel de gente em torno das cores alegres dos pratos e das comidas. Faltava que girasse. Tinha de ser uma festa, talvez fosse mesmo uma festa, porque sobre as dores de cada um se celebravam de algum modo as partilhas, a disponibilidade cada vez mais consciente da amizade. Estavam à mesa carregados de passado, mas alguém fora capaz de tornar o presente num momento intenso que nenhum dos convidados quereria perder. Naquele instante, nenhum dos convidados quereria ser outra pessoa. O Crisóstomo pensava nisso, em como acontece a qualquer um, num certo instante, não querer trocar de lugar com rei ou rainha nenhuns de reino nenhum do planeta.

Trouxe os peixes, usou para eles as louças que herdara e que se espantavam de novamente pousarem em mesa de grandes conversas, e disse que entre a Isaura ser dele e do Antonino era importante que fossem todos familiarmente unidos. Farto como estava de ser sozinho, aprendera que a família também se inventava. O Antonino sorriu iluminado. A Isaura deu-lhe a mão e riu muito. A Matilde, que talvez não soubesse que o seu filho era o melhor ser humano do mundo, sentiu que, por tolice ou novidade, ele cabia naquela casa. A Matilde não o saberia dizer, mas sentiu que uma casa onde o seu menino grande pudesse caber haveria de ser uma casa perfeita. Com tanto desespero, pensou subitamente que o mundo poderia ser mais justo para com o seu menino diferente. O mundo poderia ser melhor. Naquela casa, naquele instante, o mundo era também perfeito. O Camilo levantou-se e, não dizendo palavra, sorriu ao Antonino, que ficou tímido. O homem novo do cerco disse-lhe: coma, homem, que você ainda não tocou em nada. O Antonino comeu. O Camilo nunca mais poderia responsabilizar-se por entristecer o pai. O seu pai tão herói, que salvava e amava toda a gente.

O Gemúndio admitiu que precisava de ir ao seu terreno para ver como ia a galinha morta, não fossem os cães terem ido lá escavar para os ossos ou mijar-lhe em cima. Por cautela, acreditava bastante que aquilo da magia tinha verdade e para sossegar queria cuidar do almoço enterrado. A Mininha, que da galinha guardava um certo ódio, disse que, se lhe soubesse o lugar, ela mesma o escavaria para lhe pisar os ossos e lhos mijar. Deitavam todos as mãos à cabeça, que a cria zangada ainda voltava à natureza brava que tinha, a barafustar como gente grande. A Matilde entornou-lhe uma pinga mínima de tinto no copo e disse: é hoje. E o Antonino perguntou: mãe, lembra-se de quando bebi, sozinho, aquela garrafa cheia de vinho doce.

O Crisóstomo foi buscar o boneco do sorriso de botões e mostrou-o à cara grande da Mininha. Cara grande que mais cresceu nos olhos, estupefacta com um brinquedo do tamanho dela. É um boneco, disse ela, como se levasse tempo a entender o óbvio. O Crisóstomo respondeu: é para ti. Tens de adoptá-lo, dar-lhe um nome e fazê-lo muito feliz. A Isaura, por oposição radical com o que pensara antes, achava fundamental dar um nome ao boneco e incentivou a cria a fazê-lo. E como vai ser, como se vai chamar. E a cria dizia nomes de gato ou de cão e era um disparate e todos se riam, porque o boneco não era para ser um animal doméstico, era para ser como um amigo, talvez como um filho grande. Tu não queres ter filhos quando cresceres, alguém perguntou. Sim. Quero ter filhos, muitos, para ficarem uns com os outros quando eu morrer. Para não ficarem sozinhos.

Ia chamar-se Pintas ou Faísca, talvez Bolinha ou Pedro, mas a cria decidiu por fim que se chamaria Irmão. Não era nome de gente, mas repetiu as palavras até uma ser nome: Pintas, Bolinhas, Irmão, Irmão, Sorriso, Serapico, Irmão. O Irmão sorriu mesmamente e de coração pertenceu-se à rapariga como uma coisa boa. A Mininha, desabituada de ser alguém, resplandeceu de uma estranha completude. Um misto de tristeza de não poder correr à mãe para lhe mostrar que vitória era aquela, e de alegria por ser plenamente criança, com sete anos, e ter direito a mais do que levar batatas e subir cebolas ao barracão. A cria voltou toda à infância, ao menos naquele momento, ao menos no momento em que não quereria ser outra pessoa qualquer.

A festa assim continuou para acabar já bem tarde. O palácio, todo de renda e fantasia, ficara intenso dentro de cada um que, tão cedo, não perderia o brilho encantado de tão importante partilha, de tão importante modo de amizade.

Estendido o Crisóstomo sobre a cama, via nele a Isaura uma beleza indescritível. A imensidão, pensava, a imensidão de um homem, como hábil alastrando por todas as evidências, todas as manifestações, todos os instintos dela. Cada ínfimo segundo tornava-se um efeito da existência dele, cada ínfimo gesto tinha por moldura a existência dele, cada ímpeto era sempre a direcção do caminho para chegar a ele. Despiu a camisa de noite, e o peito caía-lhe pequeno à luz quente. A mão dele desenhava-lhe os contornos a fazer-lhe uma carícia suave. Pensara nunca ser capaz de se mostrar a um homem. Pensara que havia perdido para

188 *Valter Hugo Mãe*

sempre os atributos mais imprescindíveis das mulheres, mas ajeitava-se agora cada vez melhor no corpo que tinha. Talvez por dentro a força fosse tão grande que impusesse ao exterior uma coragem qualquer ou já um sinal de que valiam a pena todos os riscos. Como um acto num extremo suicida e no outro absolutamente libertador. O Crisóstomo, que ganhava amor pelas pessoas por grandeza, nem chegaria nunca a entender as hesitações iniciais da Isaura. Acariciava-lhe o peito, sentia que chegara ao melhor tempo da sua vida e sorria. Depois confessou que ia ter saudades do boneco de pano e do seu sorriso de botões vermelhos. Dizia-o porque lhe parecia que teria saudades de si mesmo, de si naquele instante passado em que tivera como insuportável a solidão. Lembrava-se de ficar por ali sentado, até a discutir com o boneco se ia fazer chuva ou sol, e de rir-se de ser tolo e de confiar que, algures no decurso da brincadeira, a brincadeira daria lugar a algo real e maravilhoso. Confiava por instinto que confiar era já a resposta. Era muito especial que pudesse enternecer-se consigo mesmo. Com o que fora tão recentemente, como se, pelo outro lado das coisas, também lamentasse deixar-se de mão e mudar. Mas não era uma tristeza, era exactamente uma saudade de ter sofrido o que sofrera, o necessário para lhe ensinar a usufruir mais tarde, agora, a felicidade. Achava ele que se devia nutrir carinho por um sofrimento sobre o qual se soube construir a felicidade.

Deve nutrir-se carinho por um sofrimento sobre o qual se soube construir a felicidade, repetiu muito seguro. Apenas isso. Nunca cultivar a dor, mas lembrá-la com respeito, por ter sido indutora de uma melhoria, por melhorar quem se é. Se assim for, não é necessário voltar atrás. A aprendizagem estará feita e o caminho livre para que a dor não se repita. Estava a crescer. O pescador crescia para ser um homem tremendo.

A Isaura gostava de estar assim bonita. Dizia ao Crisóstomo que ensaiara com os bichos e que dava certo até para as hortaliças crescerem melhor e as buganvílias saberem despencar das paredes da casa. Ele jurava que haveria de a levar no barco para ver se os peixes também viriam mais à rede, contentes por apreciar de perto a beleza da donzela.

Assim se fizera da casa do Crisóstomo um palácio. E, sorrateiramente, no coração do reticente Camilo também um lustre se ia pendurando e acendendo. Ao deitar-se, naquela noite, pensou que a família era um organismo todo complexo e variado. Era feita de tudo. Se era feita de tudo, o Antonino não seria coisa nenhuma de tão rara ou disparatada, seria antes o Antonino, a fazer a parte do Antonino no colectivo. Pensou que a ideia da Isaura de verem a casa como um palácio era de uma beleza humana que se impunha sobre a matéria, como uma ideia para cura de colesterol e melhoria de tectos. Se assim fossem todas as ideias, seriam todas as pessoas como príncipes e reis e viveriam agigantados pelas emoções. As emoções dão tamanhos. Porque, se intensificadas, passam as pessoas nos caminhos mais estreitos como se alassem de plumas e perfumes e pasmassem com elas até as pedras do chão.

Acendendo o seu próprio lustre, o Camilo foi dizer ao pai que pediria desculpa ao Antonino, quando viu de relance o peito feminino da Isaura. As mulheres, delirou ele a noite inteira, são inventadas para a beleza. Ai as mulheres. Depois acordava e pensava que dizia ai isto e ai aquilo nos delírios todos. Olhava para os seus livros e sabia que nenhum tinha a intensidade do que vira. Vira o peito da mulher do seu pai. Vira o peito nu de uma mulher. Não conseguia voltar a ser o mesmo ou a dormir da mesma maneira.

Nas primeiras noites confusas, cheio de fantasmas e codificações para ruídos e silêncios, o Camilo assim entrava pelo quarto do Crisóstomo, a fazer-se de forte mas padecendo, como um miúdo por natureza, triste e a encontrar novas referências para tanta coisa em que acreditava. A porta estava sempre aberta. O rapaz pequeno entrava, começava por dizer que talvez estivesse um pouco assustado, ou estava triste, ou tinha fome. Muitas vezes dizia que tinha fome só para ter companhia. Levantava-se o novo pai, iam os dois para a cozinha pensar em pão e leite e coisas mais gulosas e rápidas para uma fome de surpresa. E o Camilo acalmava, explanando sobre as teorias do velho Alfredo acerca de estar a Carminda nas canalizações e nas correntes de ar. Era uma ideia tão ridícula, pensada àquela distância, o modo como o Alfredo fazia caber a falecida mulher no patético da casa, no estragado da casa já a fazer-se ruína por baixo de tanto soalho e por cima de tanto tecto.

Nesses tempos, era assim que passavam as noites, e ao Crisóstomo cortava-lhe o coração pensar no medo, no exercício de dor que teriam sido os vinte dias em que o rapaz pequeno se agachara sozinho na casa velha. A comer migalhas e latas de atum mais umas poucas frutas tocadas, o Camilo estivera vinte dias à procura de anular a realidade, talvez convencido de que o avô voltaria num ruído qualquer que ele pudesse entender e lhe dissesse afinal o que fazer em seguida. O Crisóstomo abraçava o Camilo, beijava-lhe a testa e dizia-lhe: nunca tenhas vergonha de sentir medo ao pé de mim. Ao pé de mim, podes sentir tudo o que sentires, podes dizer-me o que souberes e quiseres, e pedir-me o que precisares. Se tiveres vergonha, fazes de mim um pai horrível e matas-me um bocadinho.

Se tiveres vergonha, fazes de mim um pai horrível e matas-me um bocadinho.

Ao falar ao pai acerca do peito da Isaura, o Camilo disse que achava as mulheres bonitas. E que mais, perguntou o Crisóstomo. Mais nada, respondeu o Camilo. Que uma coisa assim bonita não tem muita pergunta nem muita resposta, é bonita e serve para ser assim. O Crisóstomo brincou com ele, garantiu-lhe que se continuasse com aquelas ideias, haveria de arranjar uma rapariga só para ele. O Camilo sorriu. O amor, aos quinze anos, era todo uma pequena vergonha. Queria só dizer ao pai que pediria desculpa ao Antonino. O tio Antonino, dizia. Depois esqueceu-se completamente do assunto e pensou nas raparigas. No peito das raparigas. No gesto da mão quando suave acaricia o peito de uma rapariga como se o desenhasse. O Camilo vira isso. Nunca mais o esqueceria. Acordado ou a dormir, nunca mais o esqueceria.

O Crisóstomo voltou ao quarto, desenvergonhou a Isaura e disse-lhe que o Camilo gostava do tio Antonino. A Isaura respirou, sorriu, depois disse que, em certo sentido, sentia orgulho por ter casado com o Antonino. Era forma de homenagem à sua sensibilidade. O modo como se punha a chorar com qualquer réstia de atenção ou carinho. Um homem que agradecia assim qualquer pouca atenção ou carinho era um achado de humanidade. O Crisóstomo apagou a luz. Ficaram depois ambos sem dormir um tempo, intensificados, alterados pelo amor. E ela silenciou a culpa de ter abandonado a própria mãe. E ele glorificou a vida sem perceber o quanto seguia sendo um homem ingénuo. Eram, tanto quanto possível, os felizes. Porque a felicidade não se substituía ao resto, a felicidade acumulava-se. Era do acumulado do que se fez que se podia alcançá-la. O Crisóstomo a chegar tão perto, a Isaura ainda tão longe. Mas, um e outro, melhores por se juntarem. Acumulavam-se.

O Camilo voltou a acender a luz e viu o quarto. Viu simplesmente o seu quarto e reparou em como era atento cada pormenor, com aquilo de que necessitava, com as suas coisas tão guardadas. Tinha os livros do avô Alfredo e a sua fotografia com a avó Carminda e estava tudo guardado ali como uma memória viva, como se a sua cabeça tivesse o tamanho do quarto e já passasse mesmo o tamanho do quarto, porque havia muito que lhe pertencia pela casa fora. E até já o estar o mar ali lhe dizia respeito, porque começava a saber tudo das traineiras e do que fazia o Crisóstomo e parecia-lhe que a vida era aprender, saber sempre mais e mudar para aceitar sempre mais. O rapaz pequeno percebeu que, depois de um ano, era dali. Ganhara raízes. O corpo deitava-lhe domínios pela cama abaixo, pelas paredes acima, até para lá da porta. Apagou a luz para sorrir com o tamanho sempre infinito da escuridão. Também ele tinha um tamanho cada vez mais infinito. E não caía. Sentia que se levantava.

CAPÍTULO DEZASSEIS
A CURA DE MEIO CORAÇÃO

Numa manhã, o Gemúndio pôs-se a espreitar de perto e achou que andava algum estafermo a esgravatar. A terra mexida aqui e acolá dava-lhe a impressão de que passara por ali ideia de a revirar à procura do que ia debaixo. A Matilde não percebia nada, parecia-lhe a terra um bocado solta, talvez de uma água que lhe desse, embora não tivesse chovido. Era de uma água, se calhar alguém para ali regara ao regar outras coisas mais próprias. Mas o Gemúndio, a espreitar de olho afiado, torcia o nariz e jurava que havia ideia de lhe incomodarem a galinha morta. Se fosse água e não chovera, era mijo, dizia ele. Andavam a mijar-lhe o animal mágico.

A paciência da Matilde havia aumentado. As vezes em que subia à casa do Gemúndio eram muitas, à procura de coisas que faltavam ao velho, a passeios de saudade ou a espiar o enterro da bendita galinha. E sempre aquela mania de que alguém ali entornava águas. Como se fosse dar banho às coisas sepultadas.

Podia ser a mulher louca do vizinho Giesteira. Talvez ele a tivesse destrancado das correntes e ela corresse à rua, instigada por instinto para destruir o que os outros tinham de mais precioso ou delicado. O Gemúndio foi ver a vedação, foi verificar como estavam os muros bem levantados e a casa do vizinho permanecia cortada do seu quintal. À mulher, se fosse de soltar-se das correntes, de tanto se habituar a bater contra as paredes e rosnar, também nada lhe custaria galgar os muros e espatarrar-se do lado de cá à vontade de fazer asneiras. O Gemúndio achava que todas as hipóteses faziam sentido.

Foi ponderar se seria desagradável colocar-lhe uma pedra em cima. Uma pedra inteira, dessas verdadeiras de mármore, para fazer ao animal uma sepultura já mais inviolável pelos vivos à superfície. Que aos bichos da terra tinha dado pela natureza o ofício de intervir na morte, mas aos outros não, e qualquer intromissão era um insulto. A Matilde não barafustou, mas parecia-lhe uma demasia estar a deitar ali uma pedra verdadeira por uma galinha. De todo o modo, para as fortunas e para a idade do velho, mais pedra menos pedra era um troco de um nada e, assim sendo, para vê-lo descansado, era preciso ir encontrar quem ali lhe fizesse o serviço. O Gemúndio não arredou pé. Foi a Matilde vizinhança fora até dar com o pedreiro do cemitério e lhe explicar que era de urgência e que uma coisa para noventa centímetros já dava, uma vez que a galinha não morrera esticada, estava trinchada de travessa e corada de açafrão. O Gemúndio, no tempo em que ali ficou sozinho, viu monstrinhos a brotarem da terra. Mais tarde, descreveu-os como sendo umas faíscas de luz que tinham patas e que apareciam do lado mais esquerdo do enterro. Não tinham bocas, pelo que não teriam devorado coisa alguma. Talvez fossem a disseminação da galinha, como animal mágico que era, por infinitudes de pernas que a levassem dali para fora. A grande galinha ia embora. O velho Gemúndio dizia: se lhe pusermos a pedra em cima pode não saber como sair. Não vai embora e fica ali a zangar-se ainda mais. Vai azedar neste lugar até me azedar a alma também. Fará com que tudo apodreça em volta, até que apodreçam também as almas de cada pessoa.

O marmoreiro encostou a pedra ao alto e despachou-se. Tinha muito que fazer. E a Matilde, paciente, disse: importa só que veja a pedra, saberá que teve a preocupação. Na verdade, o Gemúndio estava destituído de todo, mesmo a entrar para a morte num último cansaço que lhe dava. O homem do cerco assim confirmou. Estava senil e assustado. Ia cismar com o que não existia para o resto dos seus dias, como numa doença que não se via. Era uma doença que lhe saía nas palavras. Eram umas faíscas de pernas brancas, dizia ele. E ficava parado, como estupefacto.

O senhor Giesteira, sobre o muro, dizia que a sua mulher estava bem. Estava melhor agora que o filho deles voltara para cuidar das coisas. Estava calma e até capaz de ser feliz. Um filho curava meio coração de uma mãe. O senhor Giesteira, um pouco ofendido com as insinuações tontas do vizinho, gritava: um filho cura meio coração de uma mãe. Tinha orgulho em dizer aquilo, que era igual a ter orgulho no filho que voltara.

Já em casa, o Gemúndio não queria nem pensar no tormento de ter deitado a pedra ao chão. Com o peso, e desfeita a galinha em carnes, seria como esmagar a pobre, impossibilitar-lhe que se recompusesse no desarrumo todo que a Rosinha lhe dera. Não quero pensar mais nisto, dizia ele à Matilde, como se esta pudesse simplesmente tirar-lhe algo de dentro do pensamento.

Como se houvesse um modo de pegar num pensamento e deitá-lo ao lixo para que fosse exterminado. Ela levou-o ao quarto, serviu-lhe o chá, e ele talvez tivesse imaginado a sua esposa de sempre, viva, a pacificá-lo nas perturbações. Acalmou em seguida e adormeceu. A Mininha saiu com o Irmão e foi sentar-se na cozinha a dizer que tinha pena do velho. A Matilde disse-lhe que deviam sentir muita compaixão pelas pessoas mas sem nunca se esquecerem de querer ser felizes. A miúda queria-o. Ainda que não soubesse nada sobre o assunto, queria-o muito e achava que a Matilde lhe diria como.

A Matilde contou à cria a história da cura de meio coração. A cria pensou que era para que falassem sobre a Rosinha. A Matilde disse: falo de nós, de mim. Estou a falar só de nós. A Mininha aceitou o abraço.

198 *Valter Hugo Mãe*

CAPÍTULO DEZASSETE
SONHO DO HOMEM AOS QUARENTA ANOS

O homem que chegou aos quarenta anos imaginou loucamente o umbigo a dilatar. Imaginou que o umbigo abria muito e que a barriga toda se começara a levantar e a revolver. Tombou sobre si mesmo e achou que sentia o corpo como dividindo-se. Achou que talvez dividisse o corpo por ter dentro de si uma vontade múltipla, um desejo de ser mais do que um só. A solidão podia transformar os homens em seres quase de fantasia por lhes mexer na cabeça e obrigar o coração a legitimar como verdadeira a mais pura ilusão. Os filhos, pensava ele, são modos de estender o corpo e aquilo a que se vai chamando alma. São como continuarmos por onde já não estamos e estarmos, passarmos a estar verdadeiramente, porque ansiamos e sofremos mais pelos filhos do que por nós próprios, assim como nos reconfortam mais as alegrias deles do que a satisfação que directamente auferimos. Por isso temos gula pelos filhos, uma gula do tamanho dos absurdos, sempre começada, sempre incontrolável. E queremos tudo dos filhos como se nunca nos bastassem, nunca nos cansassem porque, ainda que nos cansemos, estamos incondicionalmente dispostos a continuar, uma e outra vez até que seja o corpo extenuado a desistir, mas nunca o nosso ímpeto, nunca o nosso espírito. Até porque desistir de um filho seria como desistir do melhor de nós próprios. Cada filho somos nós no melhor que temos para dar. No melhor que temos para ser. O homem que chegou aos quarenta anos deitava-se como louco a pensar que falhar nos amores não podia impedir a divisão, porque vivia dividido. Havia dentro de si, maduro, um amor pronto para entrega, um tesouro pertença de alguém que já não ele, e alguém teria de vir para o tomar. Chamava--se Crisóstomo.

O Crisóstomo pensava que o corpo dos homens estava condenado a uma tristeza maior, como se fosse o corpo fraco da humanidade, o corpo menor. O corpo triste. Pensava que a pele deveria ser mais terra, e sonhava com fazer nascer árvores no peito e flores pelos braços e ter rios a correr por sob as pernas e entornar nas coxas giestas fartas e um milheiral inteiro. Sonhava que atirava sementes de girassol sobre si e que se pacientava durante uma estação até ver como todo ele procurava o sol, florescendo como um lugar onde a vida se vinha fazer nascer. Sonhava que haviam de ser perfeitas as mulheres por serem escolhidas para a maternidade, a construírem pessoas dentro de si. As mulheres construíam as pessoas meticulosamente, sem sequer olharem ou se preocuparem demasiado com isso. Construíam--lhes cada osso, cada veia e cada fio de cabelo. E depois abanavam-se e provocavam o embalo das águas interiores que suavemente desenhavam os dedos das pessoas a construir. O Crisóstomo pensava que as mulheres

CAPÍTULO DEZOITO
AMORAS

Em setembro, o diabo passava a sujar as amoras. Era o que dizia o povo de um modo mais indelicado. O diabo, maldoso e muito paciente, passava, baixava as calças escuras e malcheirosas, e sujava as amoras que, se comidas, davam a volta à barriga dos incautos e os sentavam. O Camilo, por causa da gula e da imprudência, estava sentado. O Crisóstomo bem lho dissera, que não era grande ideia ficar aguado pelas amoras. Era melhor aprender a ignorá-las. O rapaz, uma e outra vez a correr aos banhos, sentava-se, emagrecia e arrependia-se. Jurava que tinha escolhido as ainda gordas e jurava que as lavara bem lavado, não tinham diferenças com as de agosto e agosto tinha acabado havia tão pouco tempo. Como raio havia o diabo de estar a olhar para o calendário com uma precisão tão mesquinha.

O Camilo pensou no diabo como um chato imbecil.

Uma menina veio por um cão. Bateu à porta, perguntou pelo Camilo e acrescentou que vinha pelo seu cão, que estava para aprender modos de sossegar e parar de saltar. O Crisóstomo disse-lhe que o Camilo caíra de cama. O Camilo, umas horas antes, já combinara com o pai. Quando batesse à porta uma menina de olhos verdes, não queria que lhe dissesse que estava sentado. Era tão feio que pensassem em nós sentados, confessou o Camilo. Era-lhe mais importante que a menina só imaginasse o mal menor. Era importante que o Crisóstomo lhe dissesse que o rapaz estava de cama, adoentado, a dormir. A menina encontraria o cão atrelado ao lado da casa, e poderia voltar no dia seguinte, talvez dois dias depois quando estivesse tudo bem, já tudo disfarçado daquela palermice de não resistir às amoras.

O Camilo está, perguntou ela, venho buscar o meu cão. E o Crisóstomo respondeu com uma pergunta: chamas-te Teresa. Ela disse que sim. E ele exclamou: és tão bonita, que bonita, tão bonita. Ela corou. O Camilo, escondido no quarto, aflito para não ter de se ir sentar, ouviu também e também corou. Venho só buscar o meu cão, repetiu ela, como se o pescador a estivesse a prender por um braço sem a deixar mais ir embora. Ele deu-lhe o recado completo e, antes que ela se fosse, largada de timidez e braço, largada de ansiedade, disse-lhe: volta amanhã, o Camilo já vai estar bom e vai gostar de falar contigo.

Já lhe havia pedido que não tivesse vergonha. Nunca tenhas vergonha de mim, e nunca penses que te quero mal. Podes pedir-me todas as ajudas e falar-me sobre todas as tuas ideias, medos ou sonhos. O Camilo, ainda assim encabulado, contou-lhe que a Teresa tinha uns olhos verdes muito meigos e era tão delicada que parecia uma pessoa feita de algodão por dentro. O Crisóstomo sorriu. O Camilo respondeu: que pena vir o diabo cagar nas amoras. Só é bom que seja setembro e que as aulas estejam quase a recomeçar. Quando recomeçarem, verei a Teresa mais vezes.

Sabes, pai, gosto de pensar que nunca mais vou ficar sozinho e que alguém há-de ficar comigo para sempre sem me abandonar.

O Crisóstomo disse ao Camilo: todos nascemos filhos de mil pais e de mais mil mães, e a solidão é sobretudo a incapacidade de ver qualquer pessoa como nos pertencendo, para que nos pertença de verdade e se gere um cuidado mútuo. Como se os nossos mil pais e mais as nossas mil mães coincidissem em parte, como se fôssemos por aí irmãos, irmãos uns dos outros. Somos o resultado de tanta gente, de tanta história, tão grandes sonhos que vão passando de pessoa a pessoa, que nunca estaremos sós. O Camilo sorriu e disse: não compreendo nada, só queria dizer que gosto da Teresa e que os meus amigos de quinze anos, como eu, estão todos a arranjar namoradas. Gostava de arranjar uma namorada para sempre.

Alguns dias depois, a menina convidou o Camilo para a sua casa. Era para ver como o cão tinha mais uso da inteligência e se portava tão bem. Ficara mais calmo. Como fazes para ensinar os cães, perguntou ela. Ele encolhia os ombros. Era-lhe natural. O meu irmão que morreu, disse ela, também sabia ensinar os cães. O Camilo não soube o que responder.

A casota do cão parecia uma miniatura de uma casa grande feita para pessoas. Tinha um telhado bonito de madeira pintada de laranja. Dizia: Trovão. Parece uma casa para gente pequenina, disse ele. E ela perguntou: já viste o anão que agora vive ao pé da igreja. Não, respondeu ele. E porque se matou o teu irmão.

A Teresa disse-lhe que o irmão era diferente. Disse-lhe: às vezes, por serem diferentes, as pessoas preferem morrer. Eu queria mais que ele estivesse vivo, porque era-me igual que ele fosse diferente. O Camilo achou que entendeu. Respondeu: o meu avô também morreu, e a minha avó já tinha morrido, e a minha mãe e o meu pai. E depois tive outro pai e agora vou ter uma mãe, e tenho um tio e mais a mãe do meu tio e a nova filha dela que fica a ser minha prima. A Teresa perguntou: como se chama a tua prima. Ele disse: Mininha. Ela respondeu: não conheço. Ele disse: é mais nova do que nós. É uma criança ainda.

O Trovão, espreitando ansioso à porta da sua distinta casa, subitamente não se conteve e saltou-lhes em cima. O Camilo e a Teresa riram-se e soltaram-no para irem correr com ele.

Mais tarde, o Camilo pensou que o Antonino se podia matar. Pensou nisso sem poder pensar em mais nada.

Para não fazer do Crisóstomo um mau pai, o Camilo contou-lhe que tinha medo que o Antonino se matasse. O pai abraçou-o.

CAPÍTULO DEZANOVE
O PREÇO DOS PARDAIS

Veio um desconhecido e olhou para o Antonino. Esticado, e a parecer comprador, olhou para o Antonino. O Antonino arrepiou-se. Estava com o cheiro dos bezerros e mais o cheiro das galinhas de meter-lhes o dedo no cu, e elas andavam sempre por ali a deitar ovos enquanto ele arremessava umas couves ao chão para debicarem. Os patos vinham em bando e picavam-lhe as calças e as calças rompiam-se, e o Antonino já competia com o espantalho no meio do milho. Equilibrava os ovos, escolhia os mirrados para a casa, os maiores para o homem da carrinha, depois enxotava dali o cão que não parava de ladrar e o estava a aborrecer. Chamava pela Isaura para ver que raio queria o desconhecido, e um dos bezerros começou aos pulos como se fosse bailarino e, a dar-lhe palmadas, o Antonino pôs-se a suar, e nem o bezerro acalmava atirando lama e palhas do chão pelo ar. O Antonino estava despenteado, e o vento naquele dia ia às pressas por algum irritante mistério. O desconhecido apeou-se ali a fumar e a fumar olhava.

Se fosse pelos ovos, pensou o Antonino, então era só ir buscá-los, que até lhos dava. Se fosse por um frango, então era só ir buscá-lo, que até lho dava. Se fosse por uma conversa, então podia dizer, mas talvez o Antonino, estremecido, não conseguisse responder nada. Adoraria, contudo, que fosse por uma conversa.

Se fosse por ele, pelas alminhas, podia pegar. Não tinha preço ou tinha o preço de um pardal. Pode comprar-me pelo preço de um pardal, pensou. O estranho homem sorriu.

A Isaura largou os orégãos e gritou: diz ao senhor para entrar. Entre as buganvílias que já circundavam a janela grande da cozinha, a Isaura gritava e ria-se, para ensinar o Antonino a ser feliz. Diz ao senhor para entrar e ver de perto como são frescos os nossos ovos. O desconhecido entrou.

O Antonino esfregou os dedos na roupa suja e ficou tão nervoso que apenas reparou em como um homem podia ser um assunto tão intenso. A Isaura, descendo a correr as escadas, disse: vou à casa da praia. Até logo. Foi certamente para que ficassem sozinhos. O Antonino não conseguia respirar.

A gatafunhar com as próprias mãos, o Gemúndio dizia que a galinha tinha ido embora. Não se passara tempo suficiente para que desaparecesse da terra, mas o homem estava obstinado a garantir que, escavada a cova, não estaria nada dentro das madeiras que ele pregara. Talvez tivesse sido roubada, se ali andava a aparecer a terra molhada em tempo seco, talvez a mesma pessoa que a molhasse tivesse ido buscar o animal mágico, porque era um facto que a caixa estava vazia, sem ossos e sem nada que deixasse rasto da galinha ou do açafrão. Uma galinha mágica podia desaparecer depois de morta mil vezes que não seria nada mais espantoso do que já começar por ser mágica. Foi outra vez perguntar ao Giesteira se a mulher estava acorrentada. E o filho regressado jurou que tudo passava calmo. Aquela louca não escavava nem mijava em lado algum que não fosse certo. O Gemúndio baralhou-se em demasia. Começou a tremer, como a regurgitar ou a derreter. A Matilde levou-o desolado de volta para casa.

Em casa, o homem cismou que a Rosinha também se pusera a pé tão mágica quanto aquilo que comera. A Matilde ficou a velar-lhe o sono mas, a cuidar para que acalmasse, acalmou-lhe de todo a vida. Foi dizer à cria que estava o velho Gemúndio morto no quarto antigo do Antonino. A cria, esticada de solenidade e agarrada ao Irmão, perguntou se podia ir vê-lo de perto, a pedir-lhe ainda, assim fresco do lado de lá, que fosse a dizer à mãe que estava tudo bem. A Matilde disse-lhe que não havia muito para ver e que todas as coisas, por mais insondáveis, ficavam do lado de cá. A cria foi ao pé do velho e chorou pela mãe e, não se contendo, acreditou sozinha na transcendência e falou. Pediu tudo quanto quis pedir e só se ateve quando respirou mais fundo e confessou estar mais tranquila. Como não teve coragem de beijar o homem, levou-lhe o sorriso de botões ao rosto. O Irmão beijou o Gemúndio. Depois, o Irmão pareceu abraçar-se a ela. A Mininha e o Irmão educadamente benzeram, com a candura, a morte do Gemúndio. A Matilde amou a rapariga por ter sido livre a decidir uma coisa tão subjectiva e delicada quanto a crença na transcendência. Depois, trancou-a dali para fora, que era muito morto para uma só criança em tão curto tempo e as crianças não deviam ganhar hábito da morte, apenas consciência. A Mininha, muito adulta e bem-criada, dizia que depois de ver a mãe já pouco lhe assustava a morte das outras pessoas. Mas não era por desprezá-las, era por dominar melhor os sentimentos e parecer que tudo ficava abaixo de uma intensidade que não voltaria a repetir-se. A cria sentou-se, ponderou melhor e disse outra vez: talvez se repita consigo, mas agora não quero pensar que isso vai acontecer. Mais depressa queria morrer eu primeiro. A Matilde abraçou a filha Mininha. Havia uma tristeza muito grande em que uma cria tão nova tivesse já ideias tão cruéis sobre a perda. Mas era também verdade que dessa tristeza nascia o amor das duas, Matilde e Mininha, agarradas uma à outra como promessa de se fazerem felizes.

A cria disse: mãe Matilde, abrace também o Irmão.

A Mininha ainda muito choraria. Gritaria pelas noites fora e correria pelo campo à procura do abraço da Matilde, como se lhe corressem atrás as abelhas todas do mundo. Andaria assim angustiada e a interromper a brincadeira mais encantada com o desespero súbito do medo, a suspeita de ficar sozinha, a boca dos bichos ferrando a pele da Rosinha, a galinha a arder no estômago morto e deitado da mulher. A Mininha haveria de andar muito tempo na instabilidade das emoções, porque aqui e ali o medo a recolocava na expectativa insegura de saber o que lhe aconteceria. Perguntava à Matilde: mãe Matilde, vou crescer, eu vou crescer, mãe Matilde, vou ficar assim forte e saber fazer as coisas e tomar conta de tudo sem morrer nova. Muita gente tinha dito que a Rosinha morrera nova.

O desconhecido entrou depois de o Antonino lhe ter dito que entrasse. A Matilde apontou o quarto, não havia muito a saber. Era pegar no velho e levá-lo para a capela, que o punham já de feição ao funeral. O desconhecido dizia que não tinha problemas com isso e o Antonino também não. Embalaram o homem como uma mercadoria digna e tiveram dele uma pena calma que ia pela humanidade inteira, como se carpissem as mortes por vir de toda a gente. Por ser maricas, o desconhecido nem por isso chorou. O Antonino sim. Parecia que lhe importava o velho mais do que seria de importar, porque estava acolhido pela mãe e era ainda uma companhia. E as fortunas que deixara iam para a coisa pública ou para os bancos, que ninguém fora mudar papéis nem pedinchar fatia. Ficaram os bichos a meias na casa da Matilde e na quinta da Isaura, mas quem os quisesse de direito que os fosse lá buscar. Não tinham papéis, tinham boca e fome todos os dias. Mas às perguntas não diziam nada, e na comida estavam habituados ao melhor. O Antonino segurou nos ombros e o desconhecido nos pés e o corpo foi posto na caixa que mandaram seguir para a capela. A cria, atabalhoada com aquilo e com ser criança, observou o Antonino e o desconhecido e sentiu que, não se conhecendo antes, eram já amigos. Eram como amigos e achou que se conheceriam para sempre, como se não pudessem voltar a desconhecer-se ou não quisessem nunca mais deixar de se ver. A Matilde achou muito masculino que o desconhecido não chorasse. Achou muito masculino que não tivesse medo de pegar num morto. Achou que estava com o Antonino, pensou que não havia mais nada a achar e muito menos a fazer. A Matilde perguntou: como se chama.

A Isaura foi ajudar a fazer as trouxas com as tralhas do Gemúndio. Dizia: dona Matilde, conte sempre comigo. Conte sempre comigo para si e para a Mininha, que ao Antonino já nem que me batam o deixo de mão. É meu. E a Matilde respondeu: é meu também. Ele é meu também. E, entre a tristeza, foram de novo levadas a sentir alguma felicidade. Abraçaram-se como amigas, como família, sabiam que precisavam uma da outra para serem melhores. Sabiam, já tão claramente, que juntas poderiam ser muito mais felizes.

A Isaura não tinha discursos, era simples e fazia da tristeza ou da alegria estados de espírito muito elementares. Agora estava alegre e queria que fossem alegres as suas pessoas. Dizia à Matilde também que o Crisóstomo, o Camilo e mais o Antonino eram as suas pessoas. O rapaz pequeno ouvia-a e punha-lhe palavras, para ajudar a que se expressasse, porque ela era de conversas práticas e não sabia conversas complicadas acerca de assuntos menos de compra e de venda. O Camilo dizia: esperança, a Isaura tem esperança. E ela repetia: pois espero, espero muito. O rapaz pequeno perguntava: e casam os dois, casam. Se casassem ficavam para sempre comprometidos, como obrigados a serem também os pais dele. Ela dizia que não podia escolher sozinha, ele perguntava por quê. A Matilde dizia: vamos às trouxas.

Mas o Camilo acrescentou: até eu sei que são os homens que têm de pedir as mulheres. Até eu sei disso.

A Matilde sorria. O Camilo dizia: o meu avô também morreu. E a minha avó, e a minha mãe e o meu pai.

Em segredo, a Isaura haveria de dizer à Matilde: o Camilo tem uma amiga. Anda enrabichado por uma cachopa. Estava a ficar grande. A Matilde admirou o Camilo. Tinha agora quinze anos, era um crianço todo feito para ser homem. Depois gritou: Mininha, não fiques aqui, vai passear, rapariga, vai ver os rapazes que muitos ainda devem estar a pescar no rio. Vai ver como se pescam os peixes.

O Crisóstomo foi pedir a Isaura em casamento na areia. Sentaram-se. O Crisóstomo levara uma ceira com toalha e lanche. Ela disse: sou um bocado maluca, fiquei muito tempo sozinha e talvez tenha cometido erros e estragado coisas na minha alma. E ele dizia: pois eu também sou um bocado maluco, e fiquei muito tempo sozinho, talvez tenha cometido erros e estragado tantas coisas na minha alma. Se casarmos para nos estragarmos um ao outro, talvez alguma coisa se componha. Sinto que é mais fácil ser maluco quando estou contigo. É melhor. E ela respondeu: deixas-me ser mãe do menino. E ele disse: deixo. Então aceito, disse ela. Se casassem, ela queria caber em tudo da vida do Crisóstomo. Queria ser tudo na vida dele. Mesmo maluca e sem discursos. Comprava e vendia as felicidades e as tristezas com essa simplicidade de dizer que sim. Depois espantou-se com o lanche. Havia doces ainda mais esquisitos que o requintado de mirtilo, e havia torradas com feitios, como se fossem bonecos de brincar, e havia bebidas mais importantes, com rótulos ilegíveis e uns copos azuis de vidro grosso que lembravam o anel que ele lhe dera. E ele disse: não tenho dinheiro para mais anéis como esse, mas dou-te um copo e fico com o outro, fazem conjunto. Ela percebeu que estava tudo premeditado, que ele andava a preparar-lhe a festa há tempo e queria muito que ela aceitasse. A Isaura, que ainda não sabia quase nada sobre o amor, achou que era já feliz, mais feliz do que haviam sido os seus pais. Talvez pudesse começar a perder o medo. Talvez pudesse mudar. Poderia perder a tristeza lentamente. Disse que começaria a falar mais vezes sozinha até aprender a falar. Até aprender a verbalizar o que sentia. Ele jurou fazer o mesmo. Jurado ali, na areia, ambos sentiram que a natureza toda os entendia e geria a sua inteligência para favorecer os seus desejos.

Puseram-se de luz, como se caíssem de um candeeiro.

CAPÍTULO VINTE
A PROXIMIDADE DO LOBO

Estava um anão sentado ao pé da escola. Não fazia mais do que ser pequeno e estar sentado. Diziam dele, as crianças, as histórias mais estapafúrdias. Que era duende e fazia magias, que vinha por mal e matava quem lhe falasse, que era do circo, vomitava cobras, tinha dentes de ferro, falava chinês, voava dos canhões, não tinha sexo, comia do lixo, tinha seis dedos em cada pé, lia os pensamentos, vivia nas raízes das árvores, tinha peixes a nadar vivos na barriga gorda, nasciam-lhe filhos nas barrigas das pernas, viajava numa nuvem, chorava rios, via tudo e sabia tudo. O Camilo, que nunca até então vira um anão, não percebeu sequer tanta coisa que os outros miúdos comentavam. Passou diante do banco e disse: boa tarde. O anão, educado, respondeu: boa tarde. E o Camilo não pensou mais nisso.

Naquela manhã, o rapaz pequeno não estava atento e não esperava grandes conversas, ainda que com alguém tão incrível quanto um anão. Estava ansioso. Tinha algo para dizer à outra pessoa.

No funeral do velho Gemúndio, repararam todos em como correu chamando pelo Antonino. Dizia: tio Antonino, tio Antonino. Abraçou-o. Afirmou: gosto muito de si. Precisava de fazer isso, era o ar que lhe faltava se não o fizesse. O Crisóstomo esperou que acabasse aquele abraço e disse: amo-te muito, filho. O Camilo imitou o pai. Achava que imitar o pai era ganhar juízo e afecto, ter o coração inteligente. O Camilo já nem era só um rapaz. Naquele momento fez-se um homem com a coragem toda para gostar de alguém. Amadurecera a coragem, aprendera a beleza, mudara também o mundo.

O Antonino emocionou-se e olhou, entre tantos rostos, o do homem desconhecido. O padre mandou fazer pouco barulho e calaram-se todos por respeito a quem se finara. De qualquer modo, já não precisavam de falar. Pertenciam-se e comunicavam entre si pela intensidade dos sentimentos. Tinham inventado uma família.

O Crisóstomo abraçou o Camilo e repetiu: amo-te muito, meu filho. Era o que mais queria dizer: meu filho.

Nota do autor

Tinha de levar a renda à dona Alicinha Baptista, a nossa senhoria que vivia no rés-do-chão do casarão antigo. Agarrava bem agarrado no envelope com o dinheiro e entrava na sala imensa que, invariavelmente imersa na escuridão, convergia sobre mim pequeno e esbugalhado. A dona Alicinha sempre me parecera muito velha, talvez para lá do possível, e representava a pura fantasia, com a magnitude das figuras mais incríveis dos contos de fadas. Quando menina, ela havia sido amiga da Alice Cardoso que, para os nossos lados de Paços de Ferreira, se tornou uma conhecida santa, milagrando pessoas e deixando por todo o seu nome uma benignidade que dura até hoje. Eu, impressionado com a transcendência e crente pela mais absoluta convicção, pensei sempre que também queria ser santo, queria ser padre, queria não pecar, não magoar, não viver em vão. Contudo, ao centro da sala escura da dona Alicinha, tolhia todo sob o peso dos santos que cobriam as paredes à volta, invariavelmente com expressões desassossegadas, eternos nas suas expressões desassossegadas, que me faziam suspeitar que a santidade era toda dor, era o sacrifício para sempre como se, afinal, fosse o inferno para sempre.

A dona Alicinha, que era pequenina, com uma corcunda que a deformava um pouco e lhe trazia empecilho a andar ou a sentar-se, demorava um bom tempo a ir à cozinha passar um recibo que eu deveria levar ao meu pai. Para que eu esperasse igual aos meninos bonitos, ela dava-me umas bolachas doces. Tinha sempre bolachas das boas, caras, para crianças que ali podiam entrar, embora eu nunca visse por perto crianças além de mim ou dos meus irmãos. Impressionado com a escuridão e com o brilho de porcelana dos olhos, dos dentes e do sangue escorrendo pelos santos, eu via a casa da dona Alicinha como um lugar onde os mortos iam tentar ressuscitar-se, como se ali fossem conversar mudamente com ela, a pedir-lhe conselhos e a mantê-la na santidade também. Por causa disso, eu segurava nas bolachas como coisas de outro mundo e nunca as comia. Resistia mesmo às cobertas de chocolate e coloridamente embrulhadas em papéis de prata com os quais gostava de embelezar os cadernos da escola. Impressionado com a solenidade da pertura de deus, e seus oficiais tão massacrados, eu acreditava que as bolachas vinham de coincidir com as almas e era incapaz de as comer. Assim como achava terrível que se comesse o corpo de deus nas hóstias.

Sabendo de sermos pó e de termos de voltar ao pó, parecia-me bem depositar as bolachas na terra e deixar que o sem pecado da natureza dispusesse inteligentemente daquela refeição. Uma e outra vez, sepultei as deliciosas bolachas, com direito a uma pequena cruz feita com dois paus e um atilho, no fundo do nosso quintal, creio que sobretudo para libertar os santos daquele seu ar de agonia na terra, para que se desfizessem no ar e se salvassem da porcelana, do sangue, da escuridão tão triste da casa da nossa senhoria.

Acreditava que as almas que se tivessem naquelas bolachas haveriam de subir aos céus para descanso.

Na parte de cima do casarão, onde morava a minha família, eu olhava para a fundura do terreno e esperava que a distância a que estávamos do meu cemitério fosse suficiente para afastar os fantasmas do quarto onde dormia. Depois do funeral de cada conjunto de bolachas, ficava muito atento. Um pouco aflito. Era como esperava também que a espessura dos tectos e das paredes isolassem a nossa casa do rés-do-chão, para que a escuridão da sala da dona Alicinha não subisse. Pensei sempre que nos viam cada passo. Que alguém nos via a cada passo. E ainda que eu pudesse ser aliciado pela maldade, eu queria ser merecedor de graças, apenas capaz da bondade.

Hoje é do que mais tenho saudade. Desse sentimento, que na sua plenitude talvez se reserve às crianças, de acreditar que alguém cuida de nós segundo o nosso mérito. Quando se perde essa convicção, fica-se irremediavelmente sozinho. Os pais e os filhos são o único modo de interferir positivamente nessa solidão.

Muito obrigado à Câmara Municipal de Ponte da Barca que me alojou por dez dias numa casa no Lugar de Parada Lindoso, em fevereiro de dois mil e onze, entre lobos e bichos de ferrar nunca vistos. Muito obrigado sobretudo à pessoa do senhor Presidente António Vassalo Abreu, que tão bem atendeu à minha vontade de terminar o meu romance nas aldeias do seu incrivelmente belo concelho. Obrigado a uma senhora da aldeia de Ermida, que levava um filho de olhos azuis à missa. Obrigado por me explicar que não via beleza nenhuma num casal de namorados mortos.

Muito obrigado ao meu amigo Eduardo Fernandes, pela sua leitura cuidada.

Sei bem que sou filho de mil homens e mais mil mulheres. Queria muito ser pai de mil homens e mais mil mulheres.

Obras de Valter Hugo Mãe

a cidade inteira, romances
o nosso reino, 2004
o remorso de baltazar serapião, 2006 (Prémio José Saramago)
o apocalipse dos trabalhadores, 2008
a máquina de fazer espanhóis, 2010 (Prémio Portugal Telecom / Prémio Oceanos)

Irmãos, Ilhas e Ausências, romances
A Desumanização, 2013
Homens Imprudentemente Poéticos, 2015
As Doenças do Brasil, 2021
Deus na Escuridão, 2024

A Proximidade Autobiográfica, romances
O Filho de Mil Homens, 2011
Contra Mim, 2020 (Grande Prémio de Romance e Novela da Associação Portuguesa de Escritores)

O Texto Infinito, ficções curtas
Contos de Cães e Maus Lobos, 2017

A Labareda Plástica, livros ilustrados
As Mais Belas Coisas do Mundo
O Paraíso São os Outros
Serei Sempre o Teu Abrigo
A Minha Mãe é a Minha Filha

Este livro, composto na fonte Silva,
foi impresso em papel Ivory Slim 65g/m², na Coan.
Tubarão, Brasil, setembro de 2025.